W0404131

N&K

Meret ist Krankenschwester. Die Klinik ist ihr Zuhause, ihre Uniform trägt sie mit Stolz, schließlich kennt niemand die Menschen in ihrem Leiden so gut wie sie. Bis eines Tages ein neuartiger Eingriff entwickelt wird, der Menschen von Wut und Angst befreien soll. Die Nachwirkungen des Eingriffs können schmerzhaft sein, aber danach fängt die Heilung an, so heißt es. Daran hält Meret fest, auch wenn ihr langsam erste Zweifel kommen, welche Folgen der Eingriff wirklich hat.
»Ein simpler Eingriff« ist die Geschichte einer jungen Frau, die in einer Welt starrer Hierarchien und entmenschlichter Patientinnen ihren Glauben an die Macht der Medizin verliert. Zugleich erzählt Yael Inokai von einer Liebesbeziehung mit ganz eigenen Gesetzen. Denn Meret verliebt sich in eine andere Krankenschwester. Und überschreitet damit eine unsichtbare Grenze.

Yael Inokai, geboren 1989 in Basel, lebt in Berlin. 2012 erschien ihr Debütroman »Storchenbiss«. Für ihren zweiten Roman »Mahlstrom« wurde sie mit dem Schweizer Literaturpreis ausgezeichnet, für »Ein simpler Eingriff« mit dem Anna-Seghers-Preis 2022 und dem Clemens-Brentano-Preis 2023. Sie ist Redaktionsmitglied der Zeitschrift *PS: Politisch Schreiben*.

Yael Inokai

Ein simpler Eingriff

Roman

NAGEL UND KIMCHE

1. Auflage 2024
Lizenzausgabe
NAGEL UND KIMCHE in der
Verlagsgruppe HarperCollins Deutschland GmbH, Hamburg
Lizenzausgabe mit freundlicher Genehmigung
von Hanser Berlin
© 2022 Hanser Berlin in der
Carl Hanser Verlag GmbH & Co. KG, München
Umschlagabbildung von Helena Parada Kim,
Nurse at a window, 30 x 20 cm, 2017, Öl auf Leinwand
Umschlaggestaltung von wilhelm typo grafisch
Gesetzt aus der Centennial
von GGP Media GmbH, Pößneck
Druck und Bindung von CPI books GmbH, Leck
Printed in Germany
ISBN 978-3-312-01326-5
www.nagel-kimche.ch

Druckprodukt mit finanziellem
Klimabeitrag
ClimatePartner.com/15109-2009-1001

MIX
Papier
FSC FSC® C083411

Für Phyllis

Oktober, Zeit für Gespenster. Ich sehe mich wieder als junge Frau im Spiegel. Da ist Überzeugung in meinem Blick. Ungetrübt von Zweifeln. Ich bin Mitte zwanzig, und ich habe die Welt verstanden.

Später, als ich mehr wusste, sehnte ich mich danach zurück. Mein Glaube hatte mich beschützt.

Damals war ich Krankenschwester in einer Klinik, wo neuartige Eingriffe durchgeführt wurden. Jene Eingriffe sollten Menschen von ihren psychischen Störungen befreien und sie in eine neue Zukunft entlassen, eine echte Zukunft, nicht nur eine fortwährende Existenz.

Ich hing an dieser Hoffnung. Die Arbeit in der Klinik war an Hoffnungslosigkeit sonst nicht gerade arm. Es kam oft genug vor, dass wir nichts mehr tun konnten. Nichts mehr tun, so hätten es andere Schwestern nie formuliert. Wir waren ja bis zum Ende da, und darüber hinaus. Aber für mich riss dieses Urteil jedes Mal einen Abgrund auf.

Ich war diejenige, die dem Doktor während des Eingriffs assistierte. Er navigierte seine Instrumente zur betroffenen Stelle im Gehirn und machte diese unschädlich. Die Frauen und Männer blieben dabei wach. So konnten wir sichergehen, dass alles Gesunde unversehrt blieb. Ich hielt sie beschäftigt und nahm ihnen die Angst. Mitgefühl nannte ich das: Ich kann das gut, weil ich das Mitgefühl beherrsche.

Es war ein simpler Eingriff. Die Nachwirkungen konnten schmerzhaft sein, aber das ging vorüber. Dann fing etwas Neues an. So wurde es mir beigebracht. Daran hielt ich fest.

Marianne

I

Das Erste vom Tag: der Regen am Fenster. Die Schritte der anderen. Das Klappern der Fahrräder, die zurückgeschoben und beladen wurden, ehe die Ersten von uns aufstiegen und in den Morgen verschwanden.

Das Schwesternwohnheim lag am Stadtrand. Die Straße rechts runter fing das Industriegebiet an. Wir fuhren immer links, an der Reihenhaussiedlung mit ihren tiefen Dächern vorbei, durch das Stück Wald, bis zur Klinik. Auf halber Strecke konnte man zur Stadt abbiegen.

Das Wohnheim hatte seine lauten und seine ruhigen Stunden. Stille gab es keine. Manchmal zerriss mir ein Traum die Nacht, und ich lag da, im Dunkeln, und hörte dem Haus zu. Hörte das Wasser, das hinter der Wand durch die Leitungen rauschte und dachte an die Wohnung, in der ich aufgewachsen war und von der ich die längste Zeit geglaubt hatte, sie sei aus Papier gebaut. Ich lag da und hörte, wie die anderen in ihre Betten fielen, ein müder Körper zehnmal schwerer als ein wacher, und mir wurde klar, was ein Bett tragen muss, Knochen und Fleisch und Blut und alles, was ein Mensch gesehen hat.

Kurz bevor der Wecker surrte, schlief ich wieder ein. Die wenigen Minuten katapultierten mich weit weg. Ich brauchte einen Moment, um zurückzukehren.

Ich streckte die Zehen unter der Bettdecke hervor, die Finger, nur meinen Kopf hatte ich nicht vergraben. Die Schuhe standen nie da, wo ich sie vermutete, ich trat jedes Mal auf den kalten Boden. Der Schreck schlug in meine Sohlen ein wie ein Blitz. Jetzt nur nicht trödeln.

Die Toiletten lagen am Ende des Ganges, von unserem Zimmer am weitesten entfernt. Der Durchgang zu ihnen war schmal und kalt, zwei Fenster gingen direkt zum Hof ab. Jeden Morgen führte ich dort meinen kleinen, fröstelnden Tanz auf, während ich in der Schlange darauf wartete, mich erleichtern zu können.

Über den Waschbecken roch es sauer. Arme wurden angehoben, die Achseln mit Lappen ausgewaschen. Auch der Gestank unruhiger Träume hing in der Luft, das Sandige, Erdige der Augen, aus denen sich die Unglücklichen den Schlaf zu reiben versuchten.

Ich wusch mir die Hände und klatschte kaltes Wasser auf die Wangen, die Stirn, den Mund, trank, spuckte die Nacht aus, die mir immer pelzig auf der Zunge lag.

Nach der Morgentoilette zog ich eins meiner Kleider an. Ich wählte nach Witterung aus. Sie waren dazu da, mich von Tür zu Tür zu bringen. Ich war nachlässig mit ihnen. Andere machten mich auf Risse, kleine Löcher und Flecken aufmerksam.

Es war ein kurzes Frühstück, das wir im Speiseraum einnahmen. Fünf Minuten reichten. Kaum eine von uns war um diese Uhrzeit schon hungrig. Es gab solche wie mich, die gut konditioniert waren zu essen, wenn Essen da war. Ohne Regung nahmen sie den Haferbrei und die Äpfel zu sich und tranken dankbar den dünnen Kaffee.

Es gab jene, die zwei oder drei Portionen verschlangen und auf Reserve aßen. Ein paar Muntere waren auch darunter, die das Frühstück wie eine echte Mahlzeit behandelten. Stehen ließ es keine. Eine Schwester mit leerem Magen war nutzlos.

Zurück im Zimmer warf ich nur noch die dünne Jacke über. Ich schloss die Tür hinter mir, reihte mich in den Strom der Schwestern ein, der die Treppe nahm, unten in die Schuhe stieg und zu den Rädern ging. Zielsicher griff ich nach dem vertrauten Lenker. Wir stiegen auf und fuhren los. Wir sagten nichts. Die Fahrräder gaben ihr eigenes, ratterndes Konzert.

Seit acht Jahren arbeitete ich in der Klinik. Ich konnte mir keine andere Welt für mich denken. Keine andere Routine als diese, unter Schwestern, die sich alle für ihre Aufgaben bereitmachten.

2

Ich war stolz darauf, wer ich war, wenn ich die Uniform trug. Ich erinnere mich ganz genau an das Gefühl in der Umkleide, Morgen für Morgen, der weiße, gestärkte Stoff auf meiner Haut, das Schließen der Knöpfe, das Anstecken der Uhr, das Aufsetzen meiner Haube. Die Person, die ich dann wurde. Nichts anderes war ich je lieber gewesen im Leben.

Meine Station befand sich im fünften Stock. Ich hatte dort schon große Teile meiner Ausbildung absolviert und war dann geblieben.

Vor Schichtbeginn wusch ich mir die Hände. Sie zuckten nicht mehr unter dem kalten Wasser. Sie hatten sich an das ständige Säubern gewohnt. In den ersten Monaten waren sie rot und rissig gewesen, ununterbrochen gereizt, schrien mich an, wenn ich abends im Bett lag und schlafen wollte. Aber der Körper gewöhnt sich an fast alles.

Dann kam die Übergabe. Die Nachtschwestern versuchten, sich die vergangenen Stunden nicht anmerken zu lassen. Sie sahen mich an, wenn sie mir lediglich eine Zimmernummer nannten. Ein paar sahen dabei durch mich durch, den Abgrund in den Augen.

Lediglich eine Zimmernummer. Jemand war gestorben. Immer wieder von Neuem spürte ich in so einem Moment den Unglauben in meiner Kehle.

Wenn ich die Zimmer betrat, waren sie bereits gereinigt. Früher war es meine Aufgabe gewesen, die Spuren der Verstorbenen zu beseitigen. Ich hatte den Tod aus dem Zimmer gescheuert und Ordnung in die zurückgelassenen Dinge gebracht. Jedes Buch und jedes Foto konnte damals Übelkeit in mir wachrufen. Ich war froh, als das vorüberging.

Dann wurden die Koffer zu meiner Verantwortung. Ich hatte mich um sie zu kümmern, bevor die Mühlen meines Tages in der Klinik angeworfen wurden. Der Tod war eine Angelegenheit für die Nacht. Nur selten wagte jemand die Ausnahme.

Die Koffer empfingen mich immer auf dem Tisch. Alles, was die Verstorbenen bei ihrer Ankunft ausgepackt hatten, war wieder darin verstaut worden. Ich öffnete die Schnallen und überprüfte, ob es vorsichtig gemacht worden war. Dann schloss ich die Koffer, zog sie vom Tisch und brachte sie zu der Kammer mit den Fundsachen. Sechs Wochen behielten wir sie dort. Wenn keiner Anspruch darauf erhob, übergaben wir sie den Armenhäusern.

Hin und wieder bekam ich mit, dass die Koffer abgeholt wurden. Dann sah ich die Frauen und Männer und Kinder in den Gängen. Sie hatten sich mit den offenen Koffern auf den Bänken niedergelassen. Ihre Hände vergraben in Pullovern und Kleidern. Ein aufgeschlagenes Buch, in dem vor ein paar Tagen noch gelesen wurde. Ratlos durch Bilder, Papier und Flakons wühlend. Vielleicht erstaunte es sie, dass alles noch da war. Oder vielleicht waren diese Menschen, von denen sie geglaubt hatten, alles zu wissen, nun doch wieder zu Rätseln geworden.

Andere Koffer blieben zurück. Ich war gut darin geworden, im Vornherein zu erraten, welche, auch wenn ich das gar nicht wollte. Ich stellte diese Gepäckstücke auf die hinterste Ablage, dann musste ich sie nicht jedes Mal sehen, wenn ich die Tür öffnete. Ich hoffte trotzdem für sie, es möge jemand kommen und sie mitnehmen, wie ich für die leeren Stühle neben den Betten hoffte, es möge jemand kommen und sich setzen, für ein paar Minuten, einmal die Hand ausstrecken, Hallo sagen. Es ist nicht wirklich schwerer als ein Atemzug. Und doch ist nichts schwerer als das.

Die älteren Schwestern sagten: Arbeite mit der Zeit. Sie wird auf deiner Seite sein. Nicht heute, nicht morgen, aber irgendwann, wenn du lange genug hier gewesen sein wirst und die Zahl derjenigen, die du gepflegt hast, weit über das Zählbare hinaus ist.

Im Grunde genommen war es einfach. Jede von uns war in der Lage, Tage, Monate und Jahre, gefüllt mit all den Zweifeln, die sie für einen jungen Menschen bereithielten, hinter sich zu bringen. Irgendwann käme der Punkt, an dem der Sog der Zeit stark genug würde. Man musste nur durchhalten.

Die Schwestern sagten: Steh jeden Morgen auf wie am Morgen zuvor, iss, trink deinen Kaffee, steig auf dein Fahrrad, komm hierher, erledige deine Aufgaben, und dein Kopf wird dir treu bleiben. Du wirst mit jeder Wiederholung besser werden, bis die Arbeit in dir drin ist. So wie deine Lungen in dir drin sind. So wie dein Herz in dir drin ist. Dann wirst du keine Angst mehr davor haben, dass dir etwas zu nahegeht. Du wirst das große Ganze sehen statt der einzelnen Gesichter. Deine Übelkeit? Mach dir keine Sorgen, das wird alles vorbeigehen.

Einmal fiel ein Koffer zu Boden. Seine Besitzerin hatte einen weiten Weg auf sich genommen, und auf den letzten Metern war ihr die Kraft ausgegangen. Ich hörte nur das dumpfe Geräusch des Aufpralls, aber ich wusste, sie steht da draußen im Flur und wartet auf mich.

Ein Koffer unter Tausenden, mit zwei Büchern, zwei Fotos, einem Kugelschreiber, einem Bleistift, einem Pass, einem Kleid, einer Strickjacke, einem Nachthemd, Unterwäsche, Pantoffeln, einer Bürste, Parfüm, Nagellack, einem Schlüssel und einem Deck Karten.

Die älteren Schwestern sagten, ich solle mit der Zeit arbeiten. Sie würde mich von solchen Bildern befreien.

Sarah glaubte nicht daran: »Nie werde ich die Gesichter meiner Patientinnen vergessen. Wie kommst du darauf, dass die Zeit auf unserer Seite sein könnte?«

3

Es gab ein Buch. Ich hatte es unzählige Male aufgeschlagen, um meiner Schwester daraus vorzulesen. »Es war einmal …« Die Geschichte einer Füchsin, die im Korb eines Heißluftballons einschlief und dann versehentlich um die Welt flog.

Bibi hatte als Kind nichts anderes hören wollen zum Einschlafen, immer nur diese Geschichte. Selbst aus ihren traumwandlerischen Spaziergängen konnte man sie damit zurück ins Bett lotsen.

Sie war fünf Jahre nach mir geboren worden, zur Überraschung aller. Für eine Weile hatten sie, mein älterer Bruder Wilm und ich uns ein Zimmer geteilt – die Wohnung bestand ja nur aus zweien, und eins davon war unverrückbar das meiner Eltern. Aber irgendwann hatte Wilm sein Köfferchen gepackt, verkündet, mit zwei Schwestern so nah überlebe er das Aufwachsen nicht, und war in die Küche umgezogen. Jeden Morgen klappte er dort sein Bett zusammen, das tagsüber zur Bank wurde, auf der wir bei Tisch alle drei Platz nahmen. Erst wenn er die Tagesdecke darübergeworfen hatte, durften Bibi und ich uns setzen.

Sie besuchte ihn oft, wenn sie schlafwandelte. Wilm konnte die Geschichte der Füchsin ohne einen Blick in das Buch aufsagen. Ich hörte ihn manchmal im Halbschlaf. Erst der Schrei, wenn er unsere Schwester nachts an seinem Bett vorfand, mit leeren Augen, weil sie ganz woanders war. Dann die Worte, seine warme Stimme, die zwischendurch ein bisschen krächzte.

Als ich fortging, um meine Ausbildung anzutreten, legte mir Bibi das völlig zerlesene Buch in einem unbeobachteten Moment in mein Gepäck. Ich fand es erst Wochen nach meiner Ankunft im Schwesternwohnheim. Der einbrechende Winter verlangte nach einer dicken Wolljacke. Sie hatte es darin eingewickelt. Mit einem Gruß auf der ersten Seite: *Damit du zu mir zurückfindest.*

4

Die Frau und ich waren beide fünfundzwanzig Jahre alt. Ich sah in ihren Unterlagen, dass unsere Geburtstage nur drei Tage auseinanderlagen. Das merkte ich mir.

Ihr Vater verspätete sich. So stand sie anfangs alleine im Flur und schaute sich um. Sie zitterte nicht und hatte keine Angst im Blick. Diese Dinge kann man sich gut abgewöhnen. Aber ein Körper lässt sich nur bedingt überlisten. Die Hände werden nass, ihnen entgleitet das Gepäckstück, an das sie sich eben noch geklammert haben. Und der Koffer verrät mit einem lauten Knall, dass schwer gepackt wurde. Nie in der Annahme, man könnte lange bleiben. Ein schwerer Koffer will das Zuhause in einen fremden Raum bringen, mitsamt all seinem unnötigen Schnickschnack, damit es überhaupt möglich wird, sich darin aufzuhalten.

Die Frau kam am Vormittag. Ein Eingriff lag gerade hinter mir, die Patientin driftete langsam und ohne Komplikationen aus dem Rausch der Narkose in ihren schmerzenden Körper zurück. Der Doktor liebte es, am Morgen zu operieren und damit seinen Tag zu beginnen. Er mochte auch die Nacht, die Notfälle, er muckte nicht, wenn er zur Unzeit in die Klinik gerufen wurde. Den Nachmittag allerdings hielt er schwer aus. Diese Stunden, wenn der Morgen müde geworden war und träge den Einbruch des Abends erwartete. In dieser Zeit zog sich der Doktor zurück und erledigte Papierarbeit.

Die Frau hatte den Koffer gleich wieder vom Boden genommen. Sie war unverkennbar eine Ellerbach, groß gewachsen, mit einer geraden Haltung und einem Gesicht, das nie einer armen Person hätte gehören können. Dieses Gesicht ging mit Geld und einer gewissen Anerkennung in der Welt einher. Eine Familie von Unternehmern, stadtbekannt. Ihre Fabriken lagen im Industriegebiet hinter dem Schwesternwohnheim. Auch eine Familie von Wohltätern. Dies sei das eigentliche Herzstück ihres Wirkens; nie wurde der Vater müde, das in der Öffentlichkeit zu betonen. Die unternehmenseigene Stiftung ließ Schulen und Bibliotheken sanieren und förderte Hochbegabte. Sie wandelte Privatgelände in öffentliche Parks um. Die Ellerbachs waren in der Stadt eingeschrieben. Überall fand man Plaketten mit ihren Namen.

Daran dachte ich, als ich die Frau das erste Mal in Fleisch und Blut sah. Ich kannte ihr Gesicht aus der Zeitung. Sie waren zu viert, die Ellerbachkinder. Drei Brüder und sie. Sie war die Jüngste. Sie hieß Marianne.

Ich streckte die Hand aus, und sie reichte mir ihr Gepäckstück, verwechselte die Geste nicht mit einem Angebot, Bekanntschaft zu machen, wie es andere taten.

»Guten Tag, Sie sind hier, um mich abzuholen?« Erst sah sie mich gar nicht an. Sie betrachtete noch immer ihre Umgebung, ihr Blick folgte zwei Schwestern, die an uns vorbeigingen. So hatte ich Zeit für einen ungestörten ersten Eindruck, konnte meine Überraschung darüber runterschlucken, wie wenig auffällig sie trotz allem war. »Ein schöner Tag, nicht?« – Ihr Blick blieb an einer halb offenen Zimmertür hängen. Sie versuchte, hineinzuspähen – »Aber hier drin ist es … sehr weiß. Macht Ihnen das gar nichts aus?«

Sie gab ihre Erkundung auf. Sie drehte sich zu mir um und sah mich zum ersten Mal direkt an. Auch ich war groß gewachsen. Damit hatte sie nicht gerechnet. Anderen blickte sie auf den Scheitel, mir auf die Stirn.

»Sie sind groß«, stellte sie fest und lachte über ihre Entdeckung, so laut, dass sich die zwei Schwestern auf dem Gang nach uns umdrehten.

»Ich heiße Meret«, sagte ich.

»Das passt zu Ihnen.«

Es gab eine blaue Schachtel. Für Eingriffe dieser Art war sie mein Werkzeugkasten. Sie war voll mit Gegenständen, die einen Menschen beschäftigt hielten: Bücher, Bilder, Rätsel, Kartenspiele, Streichhölzer, ein Daumenkino, eine kleine Ziehharmonika. Das meiste davon war Zurückgelassenes, aus den Koffern genommen, kurz bevor sie in den Besitz der Heime übergingen.

Diese Gegenstände waren auch für mich da. Sie gaben mir Halt. Ich verspürte Zuversicht, wenn ich die blaue Schachtel aus dem Schrank nahm und sie zu meinen Patientinnen brachte.

Etwas für Marianne Ellerbach auszusuchen, war einfach. Als sie ihren Koffer öffnete, sah ich zwischen Bürste und Parfüm ein Kartendeck. Da wusste ich, dass ihr das Kartendeck in der Schachtel gefallen würde. Es war ein besonders schönes, mit einem filigranen Muster auf der Rückseite.

»Ich habe gesehen, dass unsere Geburtstage nur drei Tage auseinanderliegen«, sagte ich, »Sie sind zuerst zur Welt gekommen, am zwölften September, und am fünfzehnten war ich dann dran.«

»Wirklich?« Sie ließ von ihren Sachen ab und setzte sich auf das Bett. Nicht eine Sekunde hatte sie gezögert. Sie wippte mit den Füßen. Ich dachte in diesem Moment, dass sie eine große Freiheit besaß. Egal, wo sie hinging, sie konnte sich einfach setzen. Sie fragte sich nie, ob dieser oder jener Platz für sie bestimmt war.

Wir schauten beide zur Tür, wo wir ihren Vater und den Doktor erwarteten. Ich wusste so viel über sie, und sie wusste gar nichts über mich. Ich wusste von ihren Episoden. Da war eine Wut in ihr, die konnte so groß werden, dass sie detonierte und alles um sie herum mit wüsten Worten, Schreien und Handgreiflichkeiten zurichtete. Diese Wut kam plötzlich. Wer dann in ihrer Nähe war, hatte selten genug Zeit, um sich in Sicherheit zu bringen. Den drei Brüdern war ihre körperliche Überlegenheit dabei kaum von Nutzen, Mariannes Wut war größer als sie.

Ich hatte schon häufiger Fotos der Familie Ellerbach in der Lokalzeitung gesehen. Der Vater wurde von seinen drei Söhnen, seiner Tochter und seiner Frau umringt, ein Fixpunkt, auf den sich alles in dem Bild ausrichtete, selbst die Möbel. Marianne stand immer bei demselben Bruder, dem jüngsten, anderthalb Jahre trennten die beiden voneinander. Er glich dem Vater auf frappierende Weise.

Auf unseren Familienfotos stand Bibi auch immer neben Wilm. Immer neben ihrem großen Bruder, der die Haare, die Nase und den Mund vom Vater hatte. Aber nicht seine Augen.

Während Mariannes Blick langsam durch das Zimmer schweifte, betrachtete ich sie. Man sah ihr ihre Episoden nicht an. Sicher, da war dieses laute Lachen, die Unruhe in ihren Gliedern. Und sie war kindlich. So unverhohlen, wie sie ihren Blick richtete, wohin es ihr gefiel, auf jedes Ding und jeden Menschen, hätte sie gut fünfzehn Jahre jünger sein können. Abgesehen davon wies nichts auf ihre Störung hin. Allerdings geht es schnell, dass das vermeintlich Normale kippt. Das wusste ich inzwischen.

Als der Vater eintrat, stand sie nicht auf. »Guten Tag«, sagte er zu seiner Tochter, und sie nickte, erwiderte unbeeindruckt die Begrüßung. Wahrscheinlich war sie der einzige Mensch überhaupt, der nicht intuitiv aufstand, wenn er das Zimmer betrat. Ich selbst ging einen Schritt zurück, das passierte ganz ohne mein Zutun.

Sie ließ sich von ihm die Stirn küssen. Er legte ihr noch kurz die Hand an den Hinterkopf und zog sie zu sich. »Na, na«, murmelte er dabei. Für einen Moment, eine Sekunde vielleicht, war er kein Ellerbach, füllte nicht den ganzen Raum aus, sondern war nur ein Vater, der zärtlich ist zu seiner Tochter. Sie wippte dabei weiter mit den Füßen, keine erwachsene Frau, sondern ein Kind, das sich dieser Zärtlichkeit hingab.

Als der Doktor kam, stellte ich erstaunt fest, dass sogar er neben dem Ellerbach blasser wirkte, wie ein Foto, das seine Farben verloren hatte. Dabei war er üblicherweise selbst eine beeindruckende Erscheinung. Mit körperlichen Eigenschaften hatte das nichts zu tun. Der Doktor war weder groß noch breitschultrig, noch war sein Gesicht in irgendeiner Weise besonders. Aber er wusste, wer er war. Mit dieser Gewissheit nahm er alles für sich ein.

»Guten Tag«, sagte der Doktor jetzt, und als die gewohnte Wirkung ausblieb, wandte er sich zu mir, deutete auf die Akte in meiner Hand und wies mich an: »Schreiben Sie mit, bitte.« Er hätte genauso gut sagen können: »Atmen Sie, bitte.«

Es war dem Ellerbach wichtig gewesen, dass der Doktor sie erst alleine traf, ohne seine Assistenten. Ein Wunsch für besondere Patienten, der bei allen anderen empört abgewiesen worden wäre. Aber nun setzte sich der Doktor sogar auf einen Stuhl, damit er mit seiner Patientin auf Augenhöhe war.

»Diese Episoden …«, begann er.

»Das bin nicht ich!«

Er nickte. Ein dankbarer Einwurf. »Nein, das sind nicht Sie. Natürlich nicht. Deshalb würde ich auch gerne dafür sorgen, dass Sie diese Wut wieder los sind. Wenn Sie mich lassen.«

Sie nickte zögerlich.

»Da ist etwas in Ihnen drin, und ich werde es zum Schlafen bringen. Es wird Sie nicht mehr belästigen. Es schläft dann für immer. So einfach ist das.«

Der Doktor erklärte ihr das Vorgehen. Dabei ließ er alle Worte aus, die ihr unnötig Angst machen könnten. Der

Vater kannte eine andere Version. Und das Personal noch mal eine andere. Aber das, was hier gesagt wurde, war nicht weniger wahr. Aller Einfachheit zum Trotz war es ein delikates Vorhaben. Angst machte die Dinge delikat.

Die Frau hörte zu. Dazwischen fragte sie: »Tut es weh?«

»Nein, es wird nicht wehtun.«

Zum ersten Mal, seit die anderen ins Zimmer gekommen waren, suchte sie meinen Blick. Ich nickte zustimmend. Keine Schmerzen. Die kämen später. Darüber sprachen wir in dem Moment allerdings nicht.

Dann schwenkte der Doktor wieder zu ihren Episoden. Er fing damit an und er hörte damit auf, so würde sie nicht vergessen, wie gravierend ihre Störung war, oder gar auf die Idee kommen, doch weiterleben zu können wie bisher. »Sie müssen sich Ihre Störung wie die Flut vorstellen«, sagte er, »das Meer zieht sich zurück, dann kommt es wieder. So sicher, wie es sich zurückzieht, so sicher kommt es auch wieder. Je weiter es sich zurückzieht, desto höher steigt danach das Wasser.« Er wartete einen Moment, versuchte, an Mariannes Blick zu erkennen, ob das Bild wirkte. »Irgendwann wird diese Flut alles mit sich reißen. Dann bleibt nur noch die medikamentöse Behandlung, um Ihre Nächsten und Sie selbst zu schützen.«

Er zog zwei Fotos aus seinen Unterlagen hervor und zeigte sie ihr. Eine junge Frau, in ihrem Alter. Und die gleiche Frau, nur wenig älter, nachdem die Medikamente ihr Unheil angerichtet hatten.

Marianne sah sich die Bilder fast regungslos an, den

intendierten Schrecken löste es bei ihr nicht aus. Sie würde später daran denken, wenn die Zweifel in ihr wuchsen und mit ihnen das Bedürfnis, aufzustehen und zu gehen. Da würde ihr die Frau auf dem Bild wieder in den Sinn kommen.

»Es ist wichtig, dass Sie dabei anwesend sind«, sagte der Doktor schließlich. Er tastete sich nicht immer so vorsichtig an diesen Punkt heran. Zeitmangel hatte ihn schon dazu gebracht, es kurz vor seiner Verabschiedung einfach in den Raum zu stellen. Es war dann mir überlassen, das aufzufangen. Aber nicht bei ihr. Sie bekam eine präzise, umsichtige Heranführung, seine sorgfältig gewählten Worte. »Sie navigieren uns. Es ist ein Anwesendsein ohne Schmerzen und ohne Angst. Sie sind da, Sie haben die Augen offen –«

»Nein«, sagte sie. Ihre Stimme wurde brüchig. »Das will ich nicht. Ich will schlafen, und wenn ich aufwache, soll alles vorbei sein.«

»Es ist *wie* schlafen.«

»Und warum kann ich dann nicht richtig schlafen?«

»Es ist schneller vorbei als ein Zahnarztbesuch.« Der Vater. Darauf konnte man zählen: eine Hilfestellung der Angehörigen, die uns die ganze Heranführung im letzten Moment noch überwarf.

»Ein Zahnarztbesuch!« Sie hielt sich die Hand an den Kiefer, schaute hektisch vom Doktor zur Tür. Es ratterte in ihr. Da waren keine guten Erinnerungen. Sie wollte weglaufen.

»Wir werden Karten spielen«, sagte ich. Ich legte die Akte beiseite, nahm das Deck aus der blauen Schachtel und streckte es ihr hin. Ihr Vater sah mich zum ersten Mal an. Ich war ihm davor nicht aufgefallen, war nicht mehr als ein Gegenstand in diesem Zimmer.

»Ich kann währenddessen Karten spielen?« Sie nahm die Hand vom Kiefer, griff nach ihnen und fächerte sie in ihrer Hand auf. Es war ihr eine vertraute Geste. Das würde es einfacher machen. Die Haut hat ihr eigenes Gedächtnis. Sie kann uns immer zurückholen.

»Ja. Oder singen. Manche singen. Wenn es ein Lied gibt, das Ihnen gefällt ... dann können wir auch singen.«

Ein wenig wich die Angst aus ihrem Blick. Sie drehte die Hand, um sich die Rückseite der Karten näher anzuschauen.

»Weißt du«, sagte sie dann zum Vater gewandt, »die Schwester ist nur drei Tage nach mir zur Welt gekommen.«

5

Das Hirn ist eine Landkarte. Alles, was ich bin, ist irgendwo verortet. Ich wuchs mit diesem Bild in meinen Beruf hinein. Es ergab Sinn. Tumore klemmen optische Nerven ab und führen damit zur Erblindung. Neurologische Erkrankungen entziehen Menschen das Gedächtnis, die Sprache, Stück für Stück ihre motorischen Fähigkeiten, bis ihnen nicht einmal mehr das Greifen gelingt. Diese Erkrankungen ließen sich lokalisieren. Warum sollte es mit psychischen Störungen anders sein? Warum sollte man nicht auch sie beseitigen und die Menschen in ein Leben entlassen können, das diese Bezeichnung verdient?

Der Eingriff dauerte nur kurz. Meistens verbrachten wir nicht länger als eine Stunde im Operationssaal. Er war simpel, und wie alles Simple hatte er lange gebraucht, um entwickelt und verfeinert zu werden. Das richtige Werkzeug, die richtigen Hände, die das Werkzeug zu nutzen wussten, und die richtigen Stimmen, die die Prozedur begleiteten. Und das Scheitern natürlich. Niemand redete gerne darüber. Dabei fußte die Entwicklung darauf.

Der Doktor brauchte lediglich die betroffene Stelle zu finden, dann würde er diese einschläfern, wie ein krankes Tier. Das war seine Aufgabe. Meine war es, die Patientinnen beschäftigt zu halten. Ich sollte sie vom Geschehen ablenken und mit ihnen in ständigem Austausch bleiben. Ihr Wachbleiben versicherte uns, dass der Doktor sich mit seinen Instrumenten an der richtigen Stelle befand. Ich achtete auf jedes Wort und jeden Blick. Ich nahm den Menschen ihre Angst, die anschwellen konnte, egal, was die Beruhigungsmittel dem Körper diktierten.

So arbeiteten wir zusammen.

Die Entwicklungen dieser Zeit stießen an vielen Orten auf Misstrauen. Der Eingriff war ja noch nicht erprobt. Bei den allerersten Malen hatten sie nicht eingeschläfert, sondern geschnitten. »Wie ein Kabel, das man kappt«, so hatte es der Doktor formuliert, als er mir von diesen Anfängen erzählte. Ob das wirklich nötig gewesen sei, fragte ich ihn. Ob es nicht andere Wege gegeben hätte, um zu dem Punkt zu gelangen, an dem wir jetzt waren. Er hatte eine klare Haltung. Davon rückte er in den Jahren, da wir uns kannten, nie ab. »Fortschritt kann schmerzhaft sein. Die Dinge werden besser, aber zuerst werden sie schlimmer. So ist es eben.«

So ist es eben. Das war eine der Türen, die sich schloss und hinter der der Doktor verschwand. Manchmal fiel sie vor seinem Büro. Manchmal vor seinen Augen. Ich beneidete ihn darum.

Was den Eingriff anbelangte, waren auch die Schwestern auf unserer Station geteilter Meinung. Wenn sie denn überhaupt eine hatten. Manche waren gut darin geworden, sich jede Meinung abzugewöhnen. Die Vorgaben und Regeln fingen einen immer auf. Meinungen konnten das nicht.

6

Den Nachmittag über war Marianne friedlich geblieben. Sie hatte ihren Koffer ausgepackt und war in ein leichtes Kleid geschlüpft. Wenn ich stündlich nach ihr sah, las sie oder stand am Fenster, um das Treiben im Hof zu verfolgen. Dort fragte sie mich einmal: »Spielen Sie eine Runde Karten mit mir, Schwester?«

»Sie können mich Meret nennen.«

Aber sie war niemand, der sich Namen zu merken brauchte.

Als die Stunden der Eingewöhnung vorüber waren und die Vorbereitungen begannen, sagte sie zum Doktor: »Machen Sie schnell. Ende dieser Woche wird ein Konzert gespielt, und ich will es ungern verpassen.«

»Ein Konzert?«, fragte der Doktor, und sein Interesse klang ernsthaft. Er sagte nicht: »Das ist Wunschdenken, Frau Ellerbach. Wir werden uns Ihnen nach dem Eingriff auf Zehenspitzen nähern und flüstern. Eine Fliege im Zimmer wird Ihnen vorkommen wie ein Presslufthammer. Ein Konzert? Das verschieben Sie lieber auf nächsten Monat.«

Sie ging auf seine Nachfrage nicht ein. Stattdessen sagte sie: »Und machen Sie es gründlich. Nur das Kranke. Den Rest brauche ich noch.«

Es war eine kurze Aufsässigkeit. Danach lag sie im Bett, eine Schwester hatte ihr die Haare zu Zöpfen geflochten.

Das Mittel, das der Doktor ihr gespritzt hatte, war längst in ihrem Blutkreislauf und wirkte. Meine Frage nach ihrem Befinden beantwortete sie tonlos: »Gut.«

Ich verabschiedete mich zum Dienstende. Ich legte ihr die Hand auf die Schulter und nannte die Uhrzeit, zu der sie mich am nächsten Tag erwarten konnte. »Bereiten Sie die Karten für eine Revanche vor«, fügte ich hinzu. »Das war brutal von Ihnen heute Nachmittag, das kann ich nicht so stehen lassen.«

Als ihr Blick meinen traf, sah ich darin die Wut aufsteigen. Sie funkelte in ihren Augen. Presste ihren Kiefer hart zusammen.

»Bitte bleiben Sie.« Das gelang ihr noch zu sagen. Oder zumindest fügte ich das, was sie zwischen ihren Zähnen hervorstieß, zu diesen Worten zusammen. Ich setzte mich zu ihr ans Bett. Ich hörte, wie sich ihr Atem beschleunigte. Sie schnaubte. Ihre Gelenke wurden steif. Ihre Hand schoss vor und krallte sich am Stoff meiner Uniform fest. Ich ließ sie gewähren. Mehr konnte ich nicht tun.

Schließlich detonierte die Wut. Ein Knall in ihrem Körper. Arme und Beine zuckten. Ihr Atem stockte. Schweiß trat ihr auf die Stirn. Ihr Puls raste. Sie riss den Mund zum Schrei auf, aber ihrer Stimme fehlte die nötige Kraft, es kamen nur verzerrte Laute.

Sie hielt mich so nah bei sich, mit ihrer festgekrallten Hand, dass ich den schalen Geruch vernahm, der sich langsam unter ihrem Parfüm durchsetzte. Der gleiche schale Geruch aller anderen, die hier in diesen Betten lagen. Der schale Geruch, der manchmal auch an mir haftete, selbst nachdem ich mich von meiner Uniform befreit hatte. Wenn ich ihn an mir fand, seifte ich mir unter der Dusche den Nacken ein, die Stellen hinter den Ohren und unter den Kniekehlen, zwischen den Zehen und den Pobacken. Nicht einmal den Tod versuchte ich so gründlich abzuwaschen.

Mariannes Stimme gewann an Kraft. Gleich würde sie auf dem Gang zu hören sein. Ich wollte mich über sie beugen und die Laute ersticken. Ich wollte nicht, dass jemand kam und etwas unternahm. Ihre Wut sollte einfach auslaufen.

Dann verstummte sie plötzlich. Das Zucken ebbte ab. Sie rang nach Luft. Ihr Blick fand meinen wieder, ohne dass sich die Wut zwischen uns schob.

»Alles gut«, sagte ich leise, »alles gut. Es wird bald vorbei sein.« Ihr Griff lockerte sich. Ich löste ihre Hand von meiner Uniform und drückte sie kurz. Dann stand ich auf, tränkte einen Lappen in kaltem Wasser und wischte ihr damit den Schweiß von der Stirn.

Ihr Atem beruhigte sich. Sie murmelte etwas. »Wie bitte? Ich verstehe Sie nicht.« Ich beugte mich zu ihr und legte mein Ohr an ihren Mund.

»Mein Bruder …«, sagte sie, »er spielt ein Spiel.« Sie setzte zu einer Ausführung an, aber ein Zucken, ein Nachzügler ihrer Wut, schnitt ihr das Wort ab.

Ich nahm meinen Kopf ein Stück zurück. »Nur ruhig. Ich bin hier, Sie können sich Zeit lassen.«

»Mein Bruder spielt ein Spiel.« Sie versuchte, sich jetzt selbst zu beruhigen. Sie verschränkte ihre Hände, schloss die Augen. Sie nahm einen tiefen Atemzug, hielt kurz die Luft an und blies sie durch den Mund wieder aus. Sie hatte also auch ihre Werkzeuge, dachte ich in dem Moment. Sie mochten lächerlich sein im Vergleich zu dem, was wir ihr bieten konnten. Aber sie waren nicht nichts. Ein tiefer, konzentrierter Atemzug ist nie nichts.

»Er macht es mit Absicht. Er sagt … er ist ungeschickt.« Sie fuhr wieder die Hand aus, aber statt nach mir griff sie nach dem Buch auf ihrem Nachttisch und ließ es zu Boden fallen. »So. So fallen bei uns zu Hause … Gläser und Vasen. Nur das Teuerste. Die Glut seiner Zigaretten brennt … Löcher in seine Anzüge. Er tritt in Nägel.« Sie wandte mir den Kopf zu. »Haben Sie Geschwister?«

»Einen Bruder und eine Schwester.«

»Spielen die auch Spiele?«

Ich bückte mich, um das Buch aufzuheben. Ihr Blick folgte mir.

»Ist schon länger her«, sagte ich.

»Erzählen Sie mir davon?« Sie strich über die Bettdecke. Es war keine Frage.

7

Die Gesetze unserer Wohnung:

1. Bevor du hereinkommst, zieh die Schuhe aus.
2. Häng die Jacke hinter die Tür.
3. Wasch dir die Hände. Mit Seife. Mit der Bürste, wenn du Dreck unter den Nägeln hast. Sonst macht es jemand anderer für dich. Und du weißt, wie sich das anfühlt.
4. Ruf kein Hallo in den Gang, verkünde nicht: Ich bin *DAAAA*, wie du es aus den anderen Wohnungen im Haus hörst. Begrüße deine Mutter und deinen Vater, indem du zu ihnen gehst und ihnen ins Gesicht schaust. Oder schau zumindest ihre geschlossene Zimmertür an.
5. Die Einzigen, die ihre Zimmertür schließen dürfen, sind deine Eltern.
6. Dein Vater darf sie auch vor deiner Mutter schließen.
7. Iss, wenn Essen da ist.
8. Unter der Woche wird beim Essen nicht geredet.
9. Die Reihenfolge für das Badezimmer: dein Vater, deine Mutter, dein Bruder; was du mit deiner Schwester aushandelst, ist eure Sache.
10. Alles hat seinen Platz, nicht nur die Schuhe vor der Tür. Jeder Gegenstand. Jeder von euch.

11. Wenn es kippt, sei schnell und wende dich unauffällig ab.
12. Wenn du die Sekunde verpasst hast: Dreh dich nicht weg, duck dich nicht, geh nicht aus der Tür. Und sag deiner Schwester, auch wenn du es ihr schon hundertmal gesagt hast, es bringt nichts, die Decke über den Kopf zu ziehen. Halt einfach hin. Halt hin und warte, bis es vorüber ist. So geht es schneller. Es wird sich beruhigen. Es beruhigt sich immer.
13. Sag Auf Wiedersehen, bevor du gehst.
14. Du darfst nie im Streit auseinandergehen.

Meine Schwester spielte ein Spiel. Sie nahm die Spannung in der Luft, griff nach ihr mit beiden Händen und zog sie lang.

Meine Schwester war aufmerksam. Ihr entging kein Augenzucken, kein Stirnrunzeln, sie wusste immer ganz genau, wann es kippte. Wir alle wussten es. Eigentlich hatten wir auch die Fähigkeit, es aufzuhalten. Meistens zumindest. Wir sahen es kommen. Wir wussten, wann wir lieber stumm nickten, obwohl alles in uns schrie, wann wir uns lieber bewegten, obwohl alles in uns regungslos sein wollte, und wann wir zu Stein wurden, obwohl unsere Beine versuchten davonzukommen. Es war nicht schwer. Wenn man weiß, wie es geht, ist es nicht schwer. Eine Familie versteht man. Sie ist wie eine Impfung.

Meine Schwester spielte ein Spiel. Sie sagte: »Wisst ihr, dass die Nachbarin gestern nackt gekocht hat? Schaut mal! Vielleicht macht sie es heute wieder!« Sie stand vom Esstisch auf und schob den Vorhang zur Seite, dieses sorgfältig angebrachte Stück Stoff, das uns zu etwas Besserem machte als die da drüben. Zwei Meter trennten unsere beiden Küchenfenster. Eine Mutter lebte dort mit ihrem erwachsenen Sohn. Sie kochten viel und gefährlich, dauernd brannte etwas an. Dann öffneten sie das Fenster und füllten den gesamten Lichtschacht mit dichtem Rauch. Genauso stritten sie auch. Viel und laut, und dann öffneten sie das Fenster und ließen ihren Ärger hinaus.

»Bibiana!«, rief mein Vater. »Zieh sofort den Vorhang wieder zu!« Bibi aber blieb regungslos stehen, sie nahm die Spannung in der Luft und zog sie lang, sie saß die Minute aus, in der mein Vater immer ungeduldiger wurde, in der ihm die Wut vom Bauch in den Kopf schoss und ihm die Finger zitterten. Er ließ die Gabel fallen. Das war das letzte Zeichen für meine Schwester, es noch abzuwenden. Sie ließ die Gelegenheit vorbeiziehen. Mein Bruder versuchte einzugreifen, er nahm ihr den Stoff aus der Hand und zog den Vorhang wieder zu. Aber das waren nicht die Hände, die mein Vater sehen wollte. Es wurde still in der Küche. Mein Vater stand auf, er beugte sich über den Tisch, holte aus und schlug meiner Schwester ins Gesicht. Der Schlag knallte und das Besteck klirrte, weil mein Vater nie schlagen konnte, ohne mit seinem Körper noch woanders anzustoßen. Die Welt war einfach zu klein für ihn, sogar für seine Ohrfeigen.

»Jetzt setz dich ordentlich hin«, sagte er. Meine Schwester überlegte. Wollte sie das Spiel weiterspielen?

Im Großen und Ganzen steckte sie es gut weg. Ihr Körper war anders als meiner. Sie konnte es als Auszeichnung empfinden, geschlagen zu werden. Nicht wie ich, für die es leidig war, aber unvermeidbar. Eine Verfehlung hat Konsequenzen, das weiß doch jede. Meine Schwester reizte unseren Vater gern. Sie wollte nicht nur geschlagen werden, wenn sie aus Versehen eine Verfehlung begangen hatte. Er sollte wissen, dass es *ihre* Entscheidung war, wenn er die Kontrolle verlor. Sie hasste die Situationen, in denen sie sich doch besann und er dann sagte: »Jetzt hättest du dir fast eine eingefangen.« Das war eine Beleidigung für sie. Das ertrug sie kaum.

Heute war es genug. Heute hatte sie nicht die Kraft, um weiterzuspielen. Ich sah das. Sie war meine Schwester, ich kannte sie seit ihrem ersten Tag auf dieser Welt. Der Schlag hatte sie erschöpft. Sie setzte sich hin. Ihre rechte Wange glühte rot von ihrem kleinen Triumph.

8

Sechseinhalb Jahre arbeitete ich in der Klinik, als der Doktor mich das erste Mal in sein Büro bat, »auf ein Wort«. Da war mir bereits zu Ohren gekommen, dass er einen neuartigen Eingriff durchführen wollte. Schwestern sagten, es sei ein radikaler Behandlungsansatz, um Menschen von seelischen Störungen zu heilen. Der Doktor habe diesen aus den psychiatrischen Anstalten in die Klinik gebracht, um ihn hier richtig weiterentwickeln zu können.

Ich hatte damals selten direkt mit dem Doktor zu tun. Ich unterstand den älteren Schwestern, und es waren sie, die mich anwiesen. Trotzdem wusste ich natürlich von seinen Eigenheiten. Ohne aufzublicken, erkannte ich ihn an seinem Gang. Er ging nicht gehetzt wie wir. Er hatte die Bestimmtheit eines Mannes, dessen Zeit als kostbar galt.

»Wie hat es Ihnen im Operationssaal gefallen?«, fragte er. In leichter Schieflage saß er auf dem Stuhl. Wir alle wussten, dass sein Rücken ihn plagte. Es war schließlich unabdingbar, so etwas über die Vorgesetzten zu wissen, um Situationen richtig lesen zu können. Jede Schwester verstand, was die hochgezogenen Schultern bedeuteten, die weißen Fingerknöchel am Rand des Klemmbretts. Sie hörte die kaum vernehmbaren Brüche in der Stimme, wenn sie nach etwas gefragt wurde. Sie hatte gelernt, sich dann nicht kleinzumachen. Aufrecht bleiben, unnötige Geräusche vermeiden, Hände ausschütteln, damit das Unbehagen den eigenen Körper nicht versteifen konnte.

»Sie meinen während meiner Ausbildung?«

Er blinzelte. Seine Art zu nicken, wenn der Schmerz zu groß für Bewegung war.

»Ich mochte es.« Das war nicht gelogen. Ich verstand, warum es Schwestern in diesen Zweig lockte. Im zweiten Ausbildungsjahr war ich bei Operationen dabei gewesen, eine davon unter der Führung des Doktors. Wie sehr hatte ich über die Taktung von allem gestaunt. Selbst der kleinste Handgriff war im Operationssaal vorgegeben. Und der Mensch auf dem Tisch, das, womit sich einige am schwersten taten, schlief.

»Sie haben nie überlegt zu wechseln?«

»Nein.«

»Warum?«

Ich erwiderte seinen Blick. Ich verstand das ehrliche Interesse darin nicht.

»Nun, Sie sind gründlich. Halten sich an Abläufe. Handeln schnell und besonnen, wenn es erfordert ist. Sie lieben die Medizin und glauben an Fortschritt. Das sagt zumindest die Stationsleitung über Sie. Und meiner Erfahrung nach hat die Stationsleitung immer recht.«

Er räusperte sich. »Da ist die Frage doch naheliegend, warum Sie nicht da sind, wo der Fortschritt passiert? Warum Sie auf Station arbeiten, wenn Sie im Operationssaal sein könnten.«

Die meisten Chirurgen neigten zum Jähzorn. Sie waren bekannt für ihre Ausbrüche und pflegten sie. Danach konnte man sich richten. Das Grobe und Laute folgt einfachen Regeln.

Mit dem Doktor war es anders. Ruhiger. Das hatte ich selbst so erlebt. Er fragte nach seinen Instrumenten, widmete sich seiner Patientin, gab Anweisungen, er wurde nie laut. Er schwitzte noch nicht einmal. Als ich damals aus dem Operationssaal gekommen war und mir die Hände wusch, stellte ich fest, dass ich zitterte. So ruhig war es die ganze Zeit gewesen, mein Körper wusste nicht, wohin mit sich.

»Ich würde die Feinheiten vermissen. Im Umgang mit den Menschen.«

»Erzählen Sie mir von diesen Feinheiten.«

Etwas in mir lachte. Ich presste die Lippen aufeinander, damit es drinblieb.

»Geben Sie mir ein Beispiel.«

Es war nicht üblich, dass ein Arzt nach unserer Arbeit fragte. Nicht so offen. Üblicherweise taten sie einiges, um zu kaschieren, dass sie unser Wissen benötigten.

»Sagen wir, eine Patientin ist zwischen Leben und Tod.« Ich rückte ein Stück vor auf meinem Stuhl. »Und ich weiß, so steht es in den Vorgaben geschrieben, dass ich sie mit ihrem Nachnamen anzusprechen habe, weil … die Vornamen sind für uns Schwestern reserviert.«

Seine Mundwinkel zuckten. Ein Lächeln? Kurz fürchtete ich es. Ich wollte nicht von ihm angelächelt werden. Ich wollte nicht, dass er mich mochte. Bislang hatte ich so etwas vermeiden können. Es endete selten gut, von einem Arzt gemocht zu werden.

»Aber ich werde diese Patientin nach ihrem Vornamen

fragen. Oder ich werde ihren Vornamen den Akten entnehmen, wenn sie nicht Auskunft geben kann. Ich werde sie damit ansprechen, wenn ich sie versorge.«

»Warum?«

»Weil ... ein Name eine Zuordnung ist. Etwas, mit dem sie sich durch die Welt bewegt. Aber ihr Vorname ist das, womit man nach ihr gerufen hat. Bevor sie überhaupt selbst sprechen konnte. Das ist in ihr drin. Tiefer als ...« Ich verstummte. Diesen Gedanken vor ihm auszusprechen, fühlte sich plötzlich an, als hätte ich ein Geheimnis verraten. Ein kindliches Geheimnis. Der Doktor konnte es in der Luft zerreißen. Diese Macht hatte ich ihm gerade gegeben.

Er legte seine Hand auf die Brust. »Das heißt, sollte ich je halb tot hier liegen und Sie nannten mich Jonas, würden Sie mich damit zu den Lebenden zurückrufen?«

Ich sah auf den Tisch. Ein Foto von seinen Töchtern stand dort. Er brüllte immer in den Telefonhörer, wenn er sie anrief, als sei die Verbindung zu ihm nach Hause besonders schlecht. Man hörte ihn manchmal, beim Vorbeigehen durch die geschlossene Tür. Dann wusste man, dass es eines seiner Mädchen war, mit dem er gerade sprach.

»Ich würde Sie bestimmt nicht einfach Jonas nennen. Egal, in welchem Zustand.«

Er verschränkte die Arme. »Ich möchte mehr über diese Feinheiten wissen. Bald. Wir werden wieder sprechen.«

Das taten wir. Von da an bat er mich nach meiner Schicht häufiger in sein Büro. Er ließ mir Kaffee bringen. Er sagte, er interessiere sich für das Mitgefühl. Er glaube, es werde vernachlässigt, inwiefern die menschliche Komponente bei der Behandlung eine Rolle spiele. Darüber wolle er mehr in Erfahrung bringen.

Ich klärte ihn über die unterschiedlichen Haltungen der Schwestern auf. Dass bei vielen das Mitgefühl verpönt war. Dass andere es als gefährlich verurteilten. Dass wiederum andere der Überzeugung waren, es sei Hauptbestandteil unserer Arbeit. Es kam auf die älteren Schwestern an, wie die jeweilige Station geprägt war. Bei uns dominierte der Glaube daran, dass es etwas Gutes sei. Unabdingbar. So war ich geschult worden.

Wenn wir in seinem Büro saßen, fing er unser Gespräch fast immer mit einer Beobachtung an: »Ich habe gesehen, dass Sie sich nach Schichtende noch Zeit genommen haben, um für die Patientin einen Brief zu schreiben. Sie haben ihn zwar geschrieben, aber die Patientin musste ihn diktieren. Darauf haben Sie bestanden. Dabei wäre es Ihnen wahrscheinlich leichtgefallen, diesen Brief selbst zu formulieren.« Er sagte: »Sie merken sich Details. Eine Vorliebe für Milch im Tee. Eine Begeisterung für das Kino.« Seinen Beobachtungen folgte die immer gleiche Frage. »Wozu? Versuchen Sie mir das mal ganz grundlegend zu erklären. So, als hätte ich von gar nichts eine Ahnung.«

Ich gewöhnte mich an die Stunden in seinem Büro. Es war ein Ort, an dem ich Privilegien ausgehändigt bekam. »Was halten Sie davon, wenn ich Sie von Ihren Nachtschichten befreie? Dann sind Sie stets da, wenn ich Fragen habe oder Ihnen etwas zeigen möchte.«

Manchmal winkte er mitten in einem medizinischen Gespräch ab und fragte mich stattdessen nach meiner Familie. »Ein Wildfang«, diagnostizierte er, nachdem ich ihm das erste Mal von Bibiana und einem ihrer Streiche erzählt hatte, »meine Jüngste ist auch nicht zu bändigen. Die älteren Geschwister halten die Welt zusammen, und die Kleinen trampeln sie kaputt. Das scheint ein Naturgesetz zu sein.«

Er griff nach dem Telefon. »Ich würde mich gern zweiteilen, dann könnten wir unser Gespräch bis in die Nacht fortführen. Aber meine Tochter ist heute nicht zu Hause. Die erste Nacht in ihrem Leben, die sie woanders verbringt, und ich habe ihr versprochen, dass sie trotzdem meine Stimme hören wird.« Er gab die Nummer ein. Er blickte auf den Tisch, für einen kurzen Moment seiner Gewissheiten beraubt. »Ehrlich gesagt bin ich selbst ein bisschen nervös. Sie schläft bei ihrer Tante, es ist nicht so, dass sie auf Weltreise wäre. Ich hoffe wirklich, die Leitung hält.« Er hob zum Abschied die Hand, und ich stand auf, ging aus dem Zimmer und schloss die Tür hinter mir. »Hallo?!«, hörte ich ihn noch auf dem Flur brüllen.

Ich blieb stehen. Ich wollte nicht einfach in den Abend verschwinden. In diesem Büro, mit ihm, wurden Dinge möglich. Diese Dinge waren jenseits von allem, was ich alleine ausrichten konnte. Sie waren das Gegenteil von Hoffnungslosigkeit.

Er lachte. Er fragte seine Tochter, ob er ihr eine Geschichte erzählen solle. »Oder lieber die, die du schon hundertmal gehört hast? Na gut, meinetwegen …«

Ich setzte mich auf die Bank vor seinem Büro und wartete, bis er wieder aufgelegt hatte. Er bat mich nicht noch einmal herein. Auch daran gewöhnte ich mich, dass es immer er war, der unseren Gesprächen ein Ende setzte.

9

Ich sollte mein eigenes Werkzeug sein. Der Doktor ging davon aus, dass das genügen würde. So brachten wir die ersten Eingriffe hinter uns.

Die Patientinnen wurden in einen Zustand versetzt, der ihnen das Bewusstsein ließ, aber die Schmerzen nahm. Sie saßen mit nach hinten geneigtem Oberkörper auf dem Operationsstuhl. Der Doktor und seine beiden Assistenten standen an ihrem Kopfende, ich ihnen gegenüber, so, dass mich die Patientinnen immer sehen konnten. Ich stimmte Lieder an. Ich buchstabierte Wörter mit ihnen. Ich erfand einfache Rätsel, die sie lösen sollten.

Meine fünfte Patientin war jung. Achtzehn Jahre, sagte der Pass, den sie in ihrem kleinen, leichten Koffer bei sich trug. Sie hatte ein paar Wochen in einer Jugendarrestanstalt gesessen, bevor sie zu uns kam.

Das Gespräch mit dem Doktor über den bevorstehenden Eingriff fiel kurz aus. Sie stellte keine Fragen. Als ich nach seiner Verabschiedung noch bei ihr blieb, sagte sie: »Gehen Sie ruhig. Sie werden bestimmt woanders gebraucht. Es ist schon gut.«

Sie aß kaum am Abend vor dem Eingriff. Nur zögerlich trank sie vom bereitgestellten Wasser, als wäre jeder Schluck zu kostbar für sie. Unter der Bettdecke verwahrte sie die gefaltete Kleidung, mit der sie zu uns gekommen war. Es lag nichts anderes in ihrem Koffer, was sie hätte anziehen können.

Das Gefühl des Fehlens verfolgte mich an diesem Abend. Das Fehlen von Dingen, das Fehlen von Menschen, welches die junge Frau umgab. Es hatte sie niemand in die Klinik begleitet. Selbst ihre Zimmernachbarinnen waren ihr keine Gesellschaft. Sie, mit ihren vollen Koffern, mit ihrer Aussicht auf Besuch, wollten sich mit der Einsamkeit nicht anstecken.

Am nächsten Tag nahm ich Bibis Buch mit zur Arbeit. Es hatte mich schon oft getröstet, wenn mir meine Schwester fehlte. Sollte dieser Trost nicht übertragbar sein?

Sie wollten lachen über mich im Operationssaal, aber der Doktor ließ es ihnen nicht durchgehen. Ich sah ihre Blicke, als ich das Buch öffnete und die Patientin bat, mir zu sagen, was sie auf den Bildern sehe. Ich erinnere mich an ihre Aufmerksamkeit. An ihre Ruhe. An die Blicke um uns, die kurz verwundert waren und sich dann abwandten.

Es war der erste Gegenstand. Der Anfang der blauen Schachtel. Von da an füllte ich sie rasch und nutzte sie für jeden Eingriff. Der Doktor lobte mich dafür. Er brachte selber Dinge für die Schachtel mit, wie das Kartenspiel. Er hatte es auf einer Reise erstanden. Es war so schön, es stach aus allen anderen Gegenständen heraus.

Bibis Buch nutzte ich nur für diese eine Patientin. Sie hieß Vera. Ich sollte mir ihren Namen nicht merken, sollte mir keinen der Namen merken. Trotzdem blieb er mir. Vier schlichte Buchstaben in einem Pass, der bewies, dass es sie gab.

Ich ließ das Buch noch bei ihr, bis sie entlassen wurde. Dann nahm ich es zurück ins Schwesternwohnheim und legte es wieder in meinen Schrank. Es war nicht für die Klinik bestimmt, dachte ich. Sein Ort war in diesem Zimmer, bei mir. Solange das Buch in diesem Zimmer war, war auch Bibi da.

IO

»Haben Sie gar nichts anderes zu tun?«, fragte sie mich, während sie die Karten mischte.

»Sie sind meine Aufgabe«, sagte ich.

»Das hier?« Marianne Ellerbach blickte auf die beiden Stapel, die sie uns austeilte.

Ich nickte. Natürlich war es absurd, während einer Schicht mit einer Patientin Karten zu spielen. Aber so war es mir vom Doktor angetragen worden. Ein Notfall hielt ihn seit der Nacht im Operationssaal. Der Eingriff, der eigentlich an diesem Morgen stattfinden sollte, war auf den nächsten Tag verschoben worden. Also saß ich bei meiner Patientin. Meine Zeit gehörte ihr.

Das war die Macht des Doktors: Er konnte meine Zeit jemand anderem in die Hände geben. Er konnte uns auch von Einheiten befreien, die üblicherweise unsere Tage in der Klinik takteten: sieben Minuten für die Koffer. Acht Minuten, um ein Bett frisch zu beziehen. Vierzehn Minuten für die Körperpflege. Gottgegebene Einheiten, anfangs von den älteren Schwestern gestoppt, die einen tickenden Zeiger in sich drin hatten. Bis er auch in mir selbst zu wachsen begann.

»Wo wohnen Sie eigentlich?« Sie deckte die erste Karte auf. Seit ich ihr am Vortag von Bibi und ihrem Spiel erzählt hatte, fragte sie mich nach allen möglichen

Dingen. Ich kannte die Neugier. Sie befiel die meisten, die in diesen Betten lagen. Und ich wusste, welche Art von Flucht sie damit erbaten. Also lieh ich mir Geschichten aus, die beim Abendessen im Wohnheim erzählt wurden. Ich lieh mir die Träume der Schwestern. Ich lieh mir ihre Männer. Oder ich erfand ein anderes Leben für meine Geschwister, so simpel, so befreit von allem, was sie ausmachte, dass ich mich jedes Mal danach schämte.

»Ich wohne in einem Schwesternwohnheim. Nicht weit von hier.«

»Mit geteilten Zimmern?« Sie hatte etwas an sich, ich wusste nicht, was es war. Geliehenes, Erfundenes zu erzählen, schien ihr gegenüber kaum möglich.

»Ja.«

»Ich habe für ein paar Jahre ein Internat besucht. Dort gab es auch geteilte Zimmer.« Sie war es also gewohnt, das Zuhause an einen anderen Ort zu bringen. Das hatte ich mir schon gedacht. So schnell waren ihre persönlichen Dinge arrangiert gewesen, wie ein Zirkuszelt, das mit geübter Hand abgebaut und wieder aufgespannt wird.

»Mochten Sie das?«

Sie zuckte mit den Schultern. »Ich glaube schon. Manchmal hat es mich auch abgestoßen. Diese Nähe. Dieses ständige Beobachten. Ein paar Mädchen haben in Schubladen voneinander gewühlt, fremde Tagebücher gelesen. Und die Haare in den Duschen. Die kleinen Blutklumpen, die sich manchmal drin verfingen.« Sie rümpfte die Nase. »Man konnte nie vergessen, dass man einen Körper hat, weil alle … alle ständig einen Körper hatten.«

»Ja. So ist es bei uns auch.« Immer der warme Geruch auf den Toiletten. Ich hätte blind gewusst, wer vor mir da gewesen war. Schon bevor ich die Namen der anderen Schwestern kannte, war das so.

»Fahren Sie manchmal in die Stadt?«

»Hin und wieder, ja.«

»Und was machen Sie da?«

»Besorgungen.«

Kurz wirkte sie verunsichert. »Sie sind keine Nonne, oder?«

»Ich gehe auch aus.«

»Gut. Gut für Sie.«

Ich sehnte mich nicht nach den Restaurants und Tanzlokalen wie die anderen Schwestern. Nur selten ging ich mit. Dann war ich wie alle. Aber es war nicht meine Welt.

Marianne legte eine Karte. Ein Lächeln breitete sich auf ihrem Gesicht aus. Sie war kurz vor dem Gewinnen.

»Ich hab meiner Zimmernachbarin mal einen Zahn ausgeschlagen.« Sie sah wieder auf den Tisch.

»Weil Sie wütend waren.«

»Wir waren beide wütend. Ich war ein bisschen geschickter mit meinen Schlägen.«

Ich versuchte, ihr Gesicht zu lesen, die Augen, die Nase, die Mundwinkel, um zu verstehen, warum sie mir das erzählte.

»Sie hat mir den Zahn dann zum Abschied geschenkt.«

»Das ist … bizarr.«

»Sie war nicht gut mit Worten.«

»Und der Zahn hat was genau gesagt?« Ich legte die nächste Karte, ohne den Blick von ihr zu nehmen.

»Geben Sie sich doch Mühe!«, rief sie plötzlich aus. Sie nahm die Karte vom Tisch und drückte sie mir zurück in die Hand. Ich musste unweigerlich lachen. Das schien sie noch mehr zu verärgern.

»Meine Schwester hat das früher auch gemacht«, erklärte ich, »wenn sie wusste, dass ich sie gewinnen lasse.«

»Aber Sie lassen mich nicht gewinnen. Sie verlieren einfach.«

Sie tippte die äußerste Karte in meiner Hand an. »Probieren Sie es damit.«

Das tat ich. Ihr Ärger wurde weniger.

»Sie müssen sich um Ihre Schwester keine Sorgen machen«, sagte sie. Ich hatte ihr auf Nachfragen von Bibis Reisen erzählt. Von den Halb- und Fastkatastrophen, in die sie schon geschlittert war. »Eines Tages wird sie zurückkommen. Und dann kann sie auch behandelt werden.«

»Sie kommt nicht zurück.« Erst vor Kurzem hatte ich es das erste Mal ausgesprochen. Es lag noch immer komisch auf der Zunge, wie ein Fremdkörper.

»Natürlich kommt sie zurück. Was glauben Sie, wie oft ich abgehauen bin?«

»Nein, Sie verstehen das nicht. Sie hat sich verabschiedet. So wie man sich bei uns verabschiedet.«

»Man sagt Tschüss statt Auf Wiedersehen?«

»Man darf nicht im Streit gehen.«

Sie schüttelte den Kopf. »Sie sind zu viel, Schwester.«

II

Meine Schwester weinte. Sie schämte sich nie für ihre Tränen. Mich machte das wütend. Mit Schleifpapier wollte ich ihr die Tränen von den Wangen wischen. Andere Male nahm ich sie in den Arm und hielt sie. »Weine nur«, sagte ich dann, und sie tat es hemmungslos, es schüttelte sie, sie gab Laute von sich wie ein verletztes Tier.

Da war ein Mann in unserer Straße, dem sie gefiel. Nichts Ungewöhnliches. Bibi lockte etwas aus den Menschen heraus. Sie lächelten Bibi an. Sie fassten ihr in die Haare. Sie sagten ihr, dass sie ein ganz besonderes Mädchen sei.

Der Mann wohnte drei Häuser weiter, im Erdgeschoss, mit seiner Frau und seinen zwei Mädchen. Wir sahen ihn oft. Er arbeitete spät, deshalb war er morgens und nachmittags zu Hause. Das eine Fenster stand fast immer offen, er schien immun zu sein gegen Kälte, Regen und Wind.

Die Nachbarn mochten ihn. Sie blieben auf eine Zigarette vor seinem Fenster stehen. Sie reichten ihm Briefe herein, die er für sie übersetzte. Er beherrschte drei Fremdsprachen.

Seine Frau lebte einen anderen Rhythmus als er. Sie sahen sich nur ein paar Stunden am Tag. Meine Mutter meinte, das sei der Grund, weshalb sie sich so gut verstünden und am Wochenende Hand in Hand die Straße langgingen. Das machte sonst niemand über siebzehn.

Meine Schwester warf einmal zum Spaß Herbstlaub in das offene Fenster, ganze Armladungen voll davon, und natürlich flog ein Hundehaufen mit rein. Statt ihr die Ohren langzuziehen, lachte der Mann, belachte sie für ihre Frechheit, für die Reste des Hundehaufens, die an ihrer Hand klebten. Von da an grüßte er uns immer, wenn wir vorbeigingen.

»Was macht ihr so?«, fragte er.

»Wohin geht ihr?«, fragte er.

»Trottel«, sagte meine Schwester dann. »Denkt der, seine Töchter sind die Einzigen, die in die Schule gehen?« Sie winkte, ohne zu lächeln. Er liebte sie dafür. »Nichts geht über ein strenges Gesicht«, sagte er und zog sich wie zum Beweis die Mundwinkel nach unten. »Stimmt's, Bibi?«

Meine Schwester ballte ihre Hände zu Fäusten. »Bibiana«, protestierte sie, »ich heiße Bibiana.«

»Aber wenn du jemanden liebhast, darf er dich Bibi nennen, ja?«

»Aber Sie hab ich nicht lieb.«

Wieder lachte er.

Wenn wir am Wochenende auf den Straßen spielten, tauchte der Mann hin und wieder plötzlich auf. Er spazierte vorbei, blieb stehen, rauchte eine Zigarette und winkte sein blödes Winken. Er störte mich. Ich wusste, ich interessierte ihn nicht, und er tat uns ja nichts. Er stand nur da, beobachtete uns und lächelte.

Ich wollte mich über ihn beschweren, aber irgendwie schien keine Stelle dafür geeignet zu sein. Wenn ich mich bei ihm direkt beschwerte, würde er uns garantiert zur Aussprache in die Wohnung einladen. Oder er würde seinerseits eine Beschwerde bei unseren Eltern einreichen, was wiederum die Gefahr barg, Hausarrest zu bekommen. Auch die Nachbarn kamen nicht infrage. Er stand hoch in ihrer Gunst, anders als wir Kinder. Überall sahen wir Dinge, die es nicht gab. Bibi mochte besonders sein – aber das war sie nicht zu ihrem Vorteil. Sie verstand das, selbst wenn sie keine Worte dafür hatte.

Sie schlug immer öfter Umwege vor. Wir mussten die halbe Strecke rennend zurücklegen, um es pünktlich in die Schule zu schaffen. Wilm machte das nur zweimal mit.

»Hör auf, dich so anzustellen«, rügte er seine Schwester. »Warum kannst du dich nicht normal verhalten? Was ist überhaupt los?«

Sie versuchte, es ihm zu erklären.

»Hat er dich beleidigt?«

»Nein.«

»Hat er jemand anderen beleidigt?«

»Nein.«

»Hat er etwas Dummes gesagt?«

»Nein.«

»Hat er dich angefasst?«

»Nein.«

»Dann …«

»Dann was?«

»Dann weiß ich auch nicht.«

»Ich auch nicht!«

»Dann hör halt auf.«

»Womit?«

»Dich anzustellen, das hab ich doch schon mal gesagt.«

Irgendwann schnitt sie sich die Haare ab. Mitten in der Nacht weckte sie mich, um mir ihr Werk zu zeigen. »Schau«, sagte sie, und ich erkannte im Dunkeln erst gar nichts. Sie nahm meine Hand und fuhr damit durch ihre kurzen Haare.

»Na, was sagst du, glaubst du, jetzt lässt er mich in Ruhe?«

Ärger. Ich sah den Ärger, den Bibi mit ihrer neuen Frisur provozieren würde. Ich sah die Haare, die überall im Badezimmer liegen mussten, die wir noch Tage, Wochen später in den unmöglichsten Ritzen finden würden. Wie sollten wir es erklären, wie die entscheidende Sekunde abpassen, um das Kippen zu vermeiden? Sagen, es seien doch nur Haare? Waren es ja auch. Konnten wir schlafen gehen, mit dem Wissen, der Morgen begänne mit einem Tosen, der Vater würde erst Bibi treten, dann mich, dann Wilm? Ich war müde, ich wollte nicht, ich war es leid, wegen Bibi gegrüßt zu werden, gefragt zu werden, wohin ich ging, wegen Bibi getreten und geschubst zu werden.

Ich ohrfeigte sie. Ich schlug ihr mit der flachen Hand ins Gesicht. »Wegen dir!«, rief ich aus und merkte gar nicht, wie laut ich war. Sie ging nicht in Deckung. Sie duckte nicht einmal ihren Kopf. »Wegen dir, du Miststück!« Miststück, das war sie, wenn man wütend auf sie war, das schrie mein Vater, das schrie meine Mutter, das sagten auch manchmal die Menschen, denen sie ja eigentlich gefiel. Das konnte in Verachtung umschlagen. Das ging manchmal schnell.

Bibi verstand. Sie sagte nicht »bitte«, sie sagte nicht, »es tut mir leid«, das sagten nur ihre Geschwister, nur wir bettelten, nur wir versuchten, uns zu verstecken, nur wir hofften, dass die anderen geprügelt wurden, nimm Bibi, nimm Wilm, nicht mich.

Sie weinte. Ich konnte sie hören, als ich danach auf dem Klo die Haare zusammensammelte, sie lagen überall, immer war alles durcheinander wegen ihr, die jetzt schluchzte und nach Luft rang und gleich das ganze Haus aufwecken würde. Wegen ihr war das.

12

»Nein.« Sie nahm die Karten zusammen und mischte sie wieder. Sie sagte nur dieses eine Wort. Keine Bitte, kein Verhandeln. Sie war eine Ellerbach, sie entschied. Vielleicht nicht zu Hause, nicht unter ihren Brüdern, sicher nicht unter ihrem Vater. Aber hier gab es nur sie und mich.

»Sie müssen schlafen«, sagte ich. Und fügte sicherheitshalber noch an: »Der Doktor verlangt es so.«

»Dann schlafen Sie auch hier.«

Zweimal hatte ich mich schon zu verabschieden versucht. Nach der fünften Runde gesagt, dass ich schlafen gehen müsse. Und sie hatte nur den Kopf geschüttelt, die Karten gemischt, neu ausgeteilt.

Seit sechzehn Stunden war ich in der Klinik. Ich hatte den gesamten Morgen damit verbracht, Karten zu spielen. Später war ich anderen Pflichten nachgekommen. Trotzdem musste ich weiter stündlich nach Marianne Ellerbach sehen. Ich musste sicherstellen, dass sie nicht doch noch die Nerven verlor. Verzögerungen brachten diese Gefahr mit sich.

Sie schwitzte. Ihr Körper wusste, was ihm bevorstand. Tropfen auf der Stirn, unter dem Kinn, im Nacken, sein Versuch, Fieber zu erzeugen und damit alles auszutreiben, was wir eingeflößt hatten. Bald käme jemand mit einem Mittel für die Nacht. Darauf wartete ich. Schlaf würde den Körper beruhigen. Wer schläft, sagen die Mittel, ist nicht in Gefahr.

Die letzte Runde war an mich gegangen. Mit der aufkommenden Müdigkeit schien ich besser zu werden in unserem Spiel. Mein Gewinnen weckte ihren Ehrgeiz. Aber ich konnte nicht absichtlich eine falsche Karte legen, das wäre ihr sofort aufgefallen.

»Mögen Sie Ihre Zimmernachbarin?«, fragte sie.

»Ja.« Der Gedanke an Sarah flutete mich mit plötzlicher Wärme. Ich merkte, wie ich errötete. Sie konnte es nicht sehen. Das Licht erleuchtete nur den Tisch, wo unsere Karten lagen. Vielleicht konnte sie es spüren. Spürte die Wärme unter meiner Haut und wusste, was sie bedeutete.

»Ich mochte meine auch.«

»Wirklich?«

»Das glauben Sie mir vielleicht nicht. Wie gesagt, sie war fürchterlich unbeholfen mit Worten. Sie wusste überhaupt nicht, wie man jemanden … manipuliert. Beleidigt. Wie man jemandem unter die Haut kriecht, ohne ihn zu berühren.«

Anders als du, dachte ich.

»Und sie hat es mit mir ausgehalten. Dafür hat sie eigentlich einen Orden verdient.«

»Ich bin mir sicher –«

»Nein.« Sie schüttelte den Kopf. »Ich weiß, wer ich bin.«

Sie sagte es mit einer Sicherheit, die mich erstaunte. Was war mit mir? Ich wusste auch, wer ich war. Ganz besonders, wenn ich diese Uniform trug. Ich konnte mich auf mich verlassen. Es war anders, wenn ich sie abgestreift hatte. Es herrschten dann andere Gesetze.

»Zu warm.« Sie fuhr sich mit der Hand über die Stirn. »Hier drin ist es viel zu warm.« Sie legte ihre Karten ab, schlug die Decke zurück und stand auf. Eine Sekunde trugen ihre Füße sie, dann schlug der Schwindel zu. Sie streckte ihre Hand aus, suchte nach Halt, und ich sprang auf, packte sie unter der Achsel, half ihr, auf den Beinen zu bleiben.

»Ich will das Fenster aufmachen.«

Ich führte sie ums Bett herum. Ich hielt ihr Gewicht in meinen Armen. Alles an ihr war gespannt, wie eine Feder. Als sie am Fenstergriff rüttelte, legte ich meine Hand auf ihre, zeigte, wie man erst stoßen, dann ziehen musste, um ihn drehen zu können.

Mit den Fingern fuhr sie durch die kühle Nachtluft. Sie zeichnete Figuren ins Dunkel. Sie war mir so nah, ich spürte ihren Herzschlag, vernahm den abgestandenen Geruch, roch die Angst, die irgendwo darunter schwelte.

Sie zuckte kurz. Ich sah sie sich meinem Griff entwinden, auf das Fensterbrett steigen und springen. Erschrocken japste ich nach Luft.

»Was ist mit Ihnen?«, fragte sie.

»Nichts.« Ich schüttelte das Bild ab. »Ich will weiterspielen.«

Sie nickte.

Eine Karte nur legte sie ab, als die Tür aufging und die Schwester mit dem Mittel für die Nacht hereinkam.

»Schneller«, wurde sie von Marianne angewiesen, »ich möchte die Runde noch zu Ende spielen.« Die

Schwester warf mir einen Blick zu. Ich war es gewohnt. Manche verstanden das mit der blauen Schachtel und der Zeit. Manche nicht. Manchen, wie der Schwester, die jetzt vor uns stand, war jede Minute verhasst, die der Doktor mir gab. Er hatte sich nicht in unsere Arbeit einzumischen. Er sollte eine Schwester nicht Karten spielen lassen. So etwas führte nur zu dummen Gedanken.

»Das war's schon. Gute Nacht.« Die Schwester ging. Ich wartete ab, was meine Patientin als Nächstes tun würde. Die nahm die Karten noch einmal kurz in die Hand. Die Konzentration in ihren Augen begann sich aufzulösen. Gleich würde sie einschlafen. Gleich würde ich aufstehen, gehen, das Zimmer und seinen Geruch für die Nacht zurücklassen.

»Wenn es nicht wehtun wird …«, sagte sie, und aus ihrer Stimme wich die Lebhaftigkeit. Sie legte die Karten zurück auf den Tisch, »was wird es dann? Alle sagen mir, ich werde nichts spüren, aber …«

»Sie brauchen keine Angst zu haben.«

»Ich habe keine Angst.« Sie schloss die Augen. »Morgen werde ich verschwinden.«

»Ihre Wut wird verschwinden«, berichtigte ich sie.

»Ja.« Sie suchte mit der Hand auf der Bettdecke. Ich überlegte, wonach, wollte schon aufstehen und zu ihren Sachen gehen, ehe sie meine Finger fand und sie festhielt. »Meine Wut wird verschwinden.«

Dann schlief sie ein.

13

Ich wachte an ihrem Bett auf. Ich konnte mir später nicht erklären, wie es passiert war. Ich erinnerte mich, dass sie meine Hand gehalten hatte. Ich war bei ihr geblieben, nur ein paar Minuten sollten es sein. Dann musste mich die Müdigkeit überwältigt haben. Ich brauchte einen Moment, bis ich verstand, wo ich war, bis es auch in meine steifen Füße und Hände einsank. Ich war davor nie am Bett einer Patientin eingeschlafen. Das war nichts, was eine Schwester tat.

Sie hatte die Augen offen. Den Kopf zu mir gedreht blickte sie mich an. Zwischen uns auf dem Tisch lagen die Karten, unberührt seit letztem Abend. Vor den Fenstern war es noch dunkel.

»Wie fühlen Sie sich?«, fragte ich. Meine Stimme klang belegt vom Schlaf.

Sie blinzelte nur. Ich sah sie mir von Nahem an. Sie war ruhig, schwitzte nicht. Ihr Atem ging regelmäßig. Ich fühlte ihren Puls. Das Mittel wirkte also. Warum sie nicht schlief, wusste ich nicht.

Eine Strähne fiel mir ins Gesicht. Als ich sie mir hinters Ohr strich, merkte ich, dass meine Haare offen waren. Ich fasste mit der Hand hinein, suchte nach dem Knoten, den ich jeden Morgen band und mit dem ich vor ein paar Stunden eingeschlafen war. Ich fand ihn nicht.

Die Haare waren durcheinander, als hätte jemand entschlossen an ihnen gezogen.

Etwas in meinem Magen schlug dumpf auf. Dann stieg die Übelkeit hoch.

Zähl, befahl ich mir. So hatte man es mir beigebracht. Zählen, die Hand an der Brust, das Herz spüren, das darunter schlug, und dabei weiteratmen, durch die Übelkeit durchatmen. Ich zwang mich, an meine Füße zu denken. Sie trugen mich. Sie hatten mich noch nie im Stich gelassen.

Sie sah mich bei alledem an. Lag in diesem Bett und sah mich an. In ihren Augen war kein Ausdruck. Keine Antwort darauf, was hier vor sich ging.

Als die Übelkeit langsam schwand, regte sie sich. Sie drehte sich auf die Seite, zu mir.

»Bitte«, sagte sie leise.

Ich schüttelte den Kopf. Kein Bitten, nicht an mich.

»Beschreiben Sie es mir.«

»Was?«

»Das, was sie einschläfern. Mein Vater hat gesagt ... es ist wie ein Tumor. Es wächst. Es ist krank und ...«

»Schlafen Sie.«

»Ist es so?«

»Ja, es ist so.« Wenn sie es wollte, war es so. Ein Tumor, davor fürchtete man sich schließlich. Mehr als vor dem Eingriff. »Er könnte Sie eines Tages blind machen. Taub. Könnte Ihnen die Sprache nehmen. Bis Sie eine dieser hoffnungslosen Gestalten sind, die ihren eigenen Namen nicht mehr wissen. Man vergisst Sie. Man hört auf, Sie zu besuchen. Man gibt Ihnen nicht eine Minute mehr als das Allernötigste an Zeit. Wollen Sie das, Frau Ellerbach?«

Sie atmete ein. Sie hielt die Luft an.

»Marianne«, sagte sie schließlich und blies die Luft aus, »ich heiße Marianne. Ich will, dass du mich Marianne nennst.«

Sarah

I

Unser Zimmer war vier auf vier Meter groß. Es ging zur Straße raus. In der Ferne war die Stadt zu sehen mit ihrem einzigen Hochhaus; seine glatte Fassade spiegelte den Himmel.

Die letzten sieben Jahre hatte ich im ersten Stock gewohnt, in einem Zimmer ohne Aussicht, direkt neben der Treppe. Meine Mitbewohnerin war die meiste Zeit für sich geblieben. Die unsichtbare Grenze zwischen unseren Betten hatte sie nie überschritten. Abends im Speisesaal setzten wir uns zueinander. Der stille Wunsch, die Redseligen zu narkotisieren, verband uns.

Sie war weggegangen, um zu heiraten. Ihr Leben in diesem Haus hatte sie wie eine alte Haut zurückgelassen. Es war mir unmöglich vorgekommen, unseren gemeinsamen Raum ohne sie weiter zu bewohnen. Das hatte auch die Verwaltung eingesehen und mir einen Umzug angeboten.

Ich packte meine Sachen, es ging rasch. Im zweiten Stock stellte ich meinen Koffer auf den Tisch, machte ein paar Schritte im Zimmer und wartete. Keins der beiden Betten schien belegt. Eins stand am Fenster, eins näher bei der Tür. Der leere Schrank war in der Mitte geteilt. Nichts Persönliches schmückte die Wände. Wer auch immer hier mit mir wohnen würde, war noch nicht angekommen.

Das Zimmer war heller als das davor. Es lag nicht mehr neben der Treppe, wo uns das Gepolter auf den Stufen ständig begleitet hatte. Und der Ausblick, die spiegelnde Fassade in der Ferne, fing immer wieder meinen Blick.

»Ans Fenster?« Ein Kopf war in der offenen Tür aufgetaucht.

»Ja«, sagte ich sofort. Und setzte dann nach: »Wie du magst.«

Die neue Mitbewohnerin musterte mich. Blinzelte ein paarmal. Kein Lächeln. Aber ihre Augen waren warm.

»Na dann. Nimm den Fensterplatz. Ich arbeite nachts, er wäre verschwendet an mir.«

Danach sah ich sie mehrere Wochen nicht. Sie war die Falten in ihrem schluderig gemachten Bett. Sie war die Bücher auf dem Nachttisch, deren Eselsohren schnell wanderten. Sie war die krausen, schwarzen Haare, die auf dem Kopfkissen und in ihrer Bürste zurückblieben.

Auf dem Gang schnappte ich ihren Namen auf: Sarah.

2

Ich wartete auf sie. Manchmal lag ich in unserem Zimmer im Bett und wartete auf sie.

Meine freien Tage versuchte ich stets zu sammeln, bis sie ein kleines Päckchen ergaben und mir erlaubten, nachhause zu fahren. Das ging nicht immer auf; es fielen auch einzelne freie Tage ab, zu kurz für die Reise.

Seit ich mir mit Sarah das Zimmer teilte, blieb ich an diesen Tagen länger liegen als sonst. Ich wollte ihr begegnen, auf einen Blick, auf ein Wort. Ich wollte wissen, dass es sie wirklich gab, die Frau, die in diesem Zimmer lebte, ohne anwesend zu sein. Je länger unser erstes Zusammentreffen zurücklag, desto berechtigter schienen meine Zweifel daran.

Die ersten Male war es ein vergebliches Warten. Meine volle Blase und mein Hunger erlösten mich irgendwann davon. Auch später, wenn ich von meinen Besorgungen zurückkehrte, konnte ich keine Spur von ihr finden. Führte sie ein zweites Leben, an einem anderen Ort? Oder mied sie dieses Zimmer, mied mich darin? Diese Vermutung saß wie Galle in meinem Hals.

Ich dachte oft an sie, das haben Geister so an sich. Ich sog auf, was die Schwestern über sie erzählten: Sie hatte ihre Ausbildung in einem anderen Krankenhaus gemacht, nördlich von hier. Ihre Station befand sich im dritten Stock. Dort kamen Kinder zur Welt. Es war auch der Ort, wo jene Frauen behandelt wurden, die genau das zu verhindern versucht hatten. Sarah war eine der elf Schwestern, die ausschließlich nachts arbeiteten, ausschließlich nachts arbeiten wollten.

Vielleicht war sie wie wir. Vielleicht spürte sie die Erschöpfung nach Schichtende erst, wenn sie sich in der Umkleide auszog und die Spuren des Tages an sich sah. Die roten Streifen, die ihre Uniform in die Haut geschnitten hatte. Das Geflecht herausgetretener Adern, das sich über ihre Arme und Hände zog. Füße, die kaum mehr in die eigenen Schuhe zu kriegen waren.

Und wie wir beeilte sie sich dann, machte aus fünf Minuten drei, weil sie wusste, wenn sie jetzt nur einmal stehen blieb, dann würde sie es nicht mehr aufs Fahrrad schaffen, nicht ins Bett, ihre Müdigkeit würde einen Graben zwischen sie und alle Dinge reißen.

Aber vielleicht war sie auch nicht wie wir.

Erst mehrere Wochen nachdem sie meine neue Zimmernachbarin geworden war, sah ich sie wieder. Als die Klinke runtergedrückt wurde, hatte das Geläuf auf dem Gang längst aufgehört. Sie kam herein und blieb bei der Tür stehen. Sie nahm mich nicht wahr.

Nur kurz war sie die, an die ich mich erinnerte. Dann fiel mit einem erschöpften Atemzug etwas von ihr ab. Sie beugte den Oberkörper leicht nach vorne, verschränkte die Arme hinter dem Rücken. Sie blickte zu Boden, hoch zum Schrank, auf den Tisch, zum Fenster, ohne Regung. Ihr Blick wanderte weiter, bis er bei mir ankam.

»Du bist da«, sagte sie überrascht und sah mich direkt an.

»Ja.«

Sie betrachtete mich. »Endlich sehen wir uns.« Sie zog ihren Mantel aus, hing ihn in den Schrank und stieg in ihren Kleidern ins Bett. Dort legte sie sich auf die Seite und sah mich weiter an. Das Schweigen zwischen uns dröhnte mir in den Ohren.

»Hattest du eine gute Nacht?«, fragte ich.

»Nein.« Sie zog sich die Decke bis unters Kinn. »Aber jetzt bin ich hier.«

Ich merkte, wie meine Wangen erröteten. Ich wollte etwas sagen, aber sie schloss die Augen und verschwand dahinter.

Schnell schlief sie ein, ihr Atem ging wie eine kleine Dampflok. Sie drehte sich ein paarmal hin und her, und dabei rutschte ihr die Decke von den Schultern. Die schwarzen Haare lösten sich nach und nach aus dem losen Knoten, mit dem sie sich schlafen gelegt hatte. Ich wäre nie so ins Bett gegangen. In meinen Straßenkleidern, mit dem Schmutz des Tages überall an mir dran. Ich hätte sie schütteln wollen, aber ich sah sie nur an.

Als ich irgendwann aufstand, ging ich zu ihrem Bett und zog die Decke über ihre Schulter. Ich legte meine Hand dort ab, nur für einen Augenblick. Da bedeutete es mir nichts. Aber der Augenblick blieb mir. Er ist immer noch da. Ich sitze auf einer Bank, und er ist da. Ich koche einen Kaffee, und er ist da. Ich sehe auf ein Fenster, das im Oktober beschlägt. Und er ist da.

3

Ich trug mein Kleid. Das Kleid, das ich immer trug, wenn ich nachhause fuhr. Ich war eine Tochter darin. Ich hatte Sorge dazu getragen, seine Löcher geflickt, den Reißverschluss ersetzt, ich war in ihm nie woanders hingegangen als zu meinen Eltern.

Die anderen Kleider waren für ein anderes Leben. Für eine andere Meret.

Als ich im Zug zu meinen Eltern saß, spielte ich mit dem Stoff zwischen meinen Fingern. Es war der Sommer, kurz bevor wir mit den Eingriffen begannen. Der Sommer vor Sarah, als ich noch nichts von ihrem Gesicht wusste, nichts von den Dingen, die sie hinterließ.

Mein Vater hatte einen Herzinfarkt gehabt. Man rief mich an, als schon sicher war, dass er leben würde, »natürlich lebt er«, hatte meine Mutter am Telefon gesagt, und ich hörte die Brüche in ihrer Stimme, welche die Angst der letzten Stunden da reingeschlagen hatte.

Ich war eine Tochter. Ich war mir sicher gewesen, ich würde das immer bleiben, es gäbe kein Leben, in dem ich das nicht mehr war.

»Was für ein Zufall«, sagte Wilm beim gemeinsamen Abendessen, rieb sich die Hände und sah seine Schwester dabei an.

»Was soll es sonst sein?« Bibi war müde, wie wir alle. Sie musste es sein. Bis vor ein paar Tagen war sie auf Reisen gewesen. Vor einem halben Jahr aufgebrochen und jetzt das erste Mal zu Hause. Zwei Nächte in ihrem alten Bett, als unser Vater vor ihrer Zimmertür einen Herzinfarkt erlitt.

»Ich hab immer gesagt, sie wird mich eines Tages ins Grab bringen.« Das hatte mein Vater mir im Krankenhaus zugeflüstert und dabei gelächelt. Am meisten liebte er Bibi, wenn er in ihrer Abwesenheit über sie sprach.

Er war bleich gewesen. Ich sah sein weißes Gesicht vor mir, während wir zusammen aßen, meine Mutter, Wilm, Bibi und ich. Wir hörten den Terz der Nachbarn. Das Essen war kalt. Wir zwangen es in kleinen Bissen runter.

»Du bist nicht alleine auf der Welt«, sagte Wilm. Er starrte wieder auf seinen Teller.

Sie erwiderte nichts darauf. Auch unsere Mutter tat, als habe sie nichts gehört. Darin war sie gut. Das hatte sie uns allen beigebracht. Irgendwie musste man in dieser Wohnung mit ihren zwei Zimmern, ihrer Küche, wo Wilm geschlafen hatte, bei seinen Besuchen weiterhin schlief, schließlich zurechtkommen. Sie verdiente unseren Dank.

»Sag wenigstens, dass es dir leidtut.«

Bibi hatte ihren Bruder immer bedingungslos geliebt. Als sie klein war, vielleicht zwei, schrie und tobte sie manchmal so heftig, dass meine Eltern sie in der Küche einsperrten. In der Küche, mit all ihren Töpfen und Gläsern und Tellern. Aber Bibi fügte nur sich selbst Schaden zu. Sie lief gegen Schränke, gegen die Tür. Sie haute auf die Tischkante. Sie trat den Ofen. Sie verlor gegen alle

Möbelstücke. Wilm tröstete sie später. Er nahm sie in den Arm. Er legte seine Hand auf die schmerzenden Stellen. »Was war das?«, fragte er dann. »Der Tisch? Der war aber böse zu dir, das werde ich ihm heimzahlen.«

»Es tut mir nicht leid.«

Als Bibi das sagte, stand meine Mutter auf. Sie ging auf Toilette, wir hörten die Spülung, danach ihre Zimmertür, die zufiel. Wilm legte seine Gabel ab. Er nahm einen Schluck aus seinem Glas, holte aus und schüttete seiner Schwester das restliche Wasser ins Gesicht.

»Prügeln sollte man dich.«

»Wenn du meinst.«

Dann stand auch er auf. Er blieb einen Moment vor Bibi stehen und sah auf sie runter, und ich hielt die Luft an, es war so still, es war wieder so still in dieser Küche. Sie sah zu ihm hoch. Sie erwiderte seinen Blick, ohne Regung darin, das war wichtig, es durfte nichts in einem drin sein, wenn man unbeschadet bleiben wollte.

Er gab auf. Ich sah, wie ihm Tränen in die Augen stiegen, als er sich von uns abwandte und die Küche verließ. Weil es kein Zimmer gab, in das er sich hätte zurückziehen können, knallte schließlich die Wohnungstür. Kurz spürte ich, wie ich ihm hinterherwollte. Ich wollte ihn in den Arm nehmen und trösten, ich wollte ihm sagen, dass Bibi es nicht so gemeint hatte, nie so meinte.

»Ich bin froh, dass du da bist«, sagte ich.

»Ich bin froh, dass er nicht tot ist«, sagte sie.

Ein plötzliches Rumpeln in der Nacht hatte meine Schwester geweckt. Als sie aus dem Zimmer gekommen war, um nachzusehen, lag er schon auf dem Boden. Auch unsere Mutter war wach geworden. Sie telefonierte nach einem Krankenwagen. Es war nicht knapp. Aber es hatte sich so angefühlt.

Ich streckte die Hand aus und fuhr Bibi durch die Haare. Sie wehrte sich nicht. Lange hatten wir davor im Dunkeln gelegen, beide wach, beide schlafend gestellt, beide wissend.

»Er denkt, es ist meine Schuld«, sagte sie.

»Das ist Blödsinn, Bibi.«

»Mein Bruder hasst mich.«

Ich wollte das abschmettern, aber sie kam mir zuvor. »Kannst du dich an den Abend erinnern, als ich davongerannt bin?«

Welcher von den vielen, wollte ich fragen und verkniff es mir.

»Er hat mich eingefangen wie ein Tier. Wie einen davongelaufenen Hund! Er hat mich auf den Boden gedrückt. Ich hasse dich!, hat er gesagt.«

Ich erinnerte mich. Ich war dabei gewesen. »Du hast es zuerst gesagt«, wendete ich ein. Sie hatte ihm sogar ins Gesicht gespuckt.

»Aber ich hab es nicht so gemeint. Ich hab ihn nur in dem Moment gehasst.«

Ja, sie hasste einen mit ganzer Kraft, mit ihrem ganzen Körper. Sie hatte auch mich schon so gehasst. Eine Eruption, die einem in die Gedärme fuhr. Und dann war es vorbei. Kein Hass, der in diesem Körper zurückblieb und zu faulen begann wie bei allen anderen.

»Ich werde morgen wieder aufbrechen.«

»Wohin?«

»Weiterreisen. Ich will noch so viel sehen.«

»Davor besuchst du noch Papa.«

»Natürlich.« Sie sagte es ohne Zögern. Zögern würde sie erst morgen vor der Klinik, das Gepäck schon geschultert, damit sie es sich notfalls anders überlegen und gehen konnte.

»Bibi, möchtest du nicht langsam irgendwo ankommen?«

»Wozu die Eile, ich bin doch nicht fünfzig.«

»Ich bin auch nicht fünfzig. Trotzdem ist es schön, etwas Festes zu haben. Einen Ort, wo man hingehört. Eine Aufgabe.«

»Eine Aufgabe«, wiederholte sie, und ich hörte ihre leise Belustigung. »Weißt du was, auf dem Papier bist du vielleicht nicht fünfzig, aber in dir drin, da bist du längst fünfzig, da bist du achtzig, wenn wir ehrlich sind.«

Ich zog sie an den Haaren.

»Aaaah!«, rief sie mit falscher Panik aus. »Schon wieder Strafe, Hilfe! Immer nur Strafe in diesem Haus!« Sie lachte. Eine Weile lagen wir dann schweigend da. Ihr Atem ging irgendwann regelmäßiger, ich dachte kurz, sie schläft.

»Er hat noch was gesagt, bevor sie ihn mitgenommen haben.«

Wenn wir den Schlaf lange genug verscheuchen, kriegen uns die Alpträume nicht, die Geister nicht, und wir haben geschenkte Stunden, die uns ganz allein gehören – das war ein Gesetz, das nur in unserem Zimmer galt.

»Er hat meinen Namen gesagt: Bibi, Bibi, Bibi. Wie eine hängen gebliebene Platte. Und dann hat er gesagt: Es tut mir leid, Bibi. Verzeih mir, Bibi.«

Bibi. Er hatte sie nie so genannt. Seine Tochter hieß Bibiana.

»Hast du?«

»Ja«, sagte sie nach einer kurzen Pause. »Ich hab mich dran gehalten. Du darfst nie im Streit auseinandergehen.«

4

Ein Schuh lag auf dem Boden. Ein einzelner Schuh, umgestoßen, wie in einem schlechten Theaterstück. Sein Anblick empfing mich, als ich nach einer langen Schicht in unser Zimmer kam. Vor Schreck rutschte mir die Tasse aus der Hand. Sie zerschepperte auf dem Boden.

»Hallo«, sagte der Kopf, der unter der Bettdecke auftauchte, »das wäre aber nicht nötig gewesen.«

Ich versteinerte. So stand ich da, während Sarah mein Gesicht studierte und darauf wartete, dass ich mich als Mensch zu erkennen gab. »Ich bin es«, sagte sie nach einer Weile. Sie zeigte mit dem Finger auf sich. »Deine Zimmernachbarin. Sarah. Wir haben uns letztens gesehen, für … zwei Minuten, wenn ich mich recht erinnere. Weißt du noch?«

Sarah. Ich wiederholte ihren Namen in meinem Kopf. Wo er ja oft gewesen war in den vergangenen Wochen. Nach unserem letzten Zusammentreffen war ich mir sicher gewesen, ich müsse mich nun wieder an ihre Abwesenheit gewöhnen. Ich hatte mich damit zu trösten versucht, wie aufregend die Arbeit in der Klinik gerade war. Dass wir einer Zukunft entgegenblickten, die Hoffnung bereithielt. Eigentlich war es gut, dass ich in diesem Zimmer ungestört sein konnte, allein mit dem Tag, mit den Eingriffen.

»Ich weiß«, sagte ich mit stockender Stimme, »natürlich weiß ich, wer du bist.«

Sie schlug die Decke zurück. Ohne den Blick von mir zu lösen stand sie auf, kam zu mir und kniete sich auf den Boden, um die Scherben der Tasse zusammenzusammeln.

»Nein!«, rief ich aus.

»Doch«, sagte sie, »ich hab dich schließlich erschreckt.«

»Dein Schuh.« Sie war mir zu nah. Ich wollte ihr zur Hand gehen, aber sie war mir zu nah. »Dein Schuh hat mich erschreckt.«

Sie sah sich um, bis sie ihn entdeckte. »Ich verstehe. Entschuldige, aber ich musste etwas werfen.«

»Ja.«

»Du musst nie etwas werfen?«

Eine gute Frage. »Ich würde manchmal gern«, gab ich zu. Dann fiel mir ein, wie ich stattdessen in mein Kissen schlug, reinbiss, in das Kissen hineinschrie. Ich war keine Schuhwerferin. Wenn sie rausmusste, ließ ich meine Verzweiflung an einem Kissen aus. Wie das kleine Kind, das ich einmal gewesen war.

»Ich hole kurz was zum Aufwischen.«

Sie ging aus dem Zimmer, und ich blieb stehen, blieb einfach stehen, wo ich war, wie eine Salzsäule. So hatte ich mich anfangs in der Klinik oft gefühlt. Zur Salzsäule erstarrt, wenn ich Menschen in ihrer Hilflosigkeit erlebte. Ich hatte davor nicht gewusst, wie hässlich Hilflosigkeit sein konnte. Wenn die älteren Schwestern mir in den Nacken zischten. Wenn sie mir aus der Hand rissen, womit ich gerade zugange war. Lag das nicht weit hinter mir?

Sarah kam zurück, ihr Lächeln streifte mich, als sie an mir vorbeiging. Mit einem Lappen wischte sie die verschüttete Flüssigkeit auf und verließ dann wieder das Zimmer. Ich schaffte es, mich aus meiner Erstarrung zu lösen. Ich ging die paar Schritte auf mein Bett zu, wo ich mich hinsetzte und den Schuh anstarrte. Für einen Moment war ich verwirrt, wie nach einem Traum.

»Du wolltest einen Tee trinken, nicht?« Sarah kam herein und öffnete die Schublade ihres Nachttisches. Ein paar kleine Flaschen stießen dabei klirrend aneinander. »Aber vielleicht ist dir nach etwas Stärkerem? Wir haben noch gar nicht darauf angestoßen, dass wir hier zusammenwohnen.«

»Wir haben uns auch erst zweimal gesehen.«

»Das stimmt.« Sie nahm eine der Flaschen aus der Schublade, zog zwei Schnapsgläschen heraus und füllte sie bis zum Rand. Eins davon reichte sie mir.

»Auf uns«, sagte sie und prostete mir zu.

»Auf uns«, sagte ich und kippte den Schnaps in einem Zug herunter, um ihn nicht zu verschütten. Der Alkohol brannte mir im Rachen. Eine Weile saßen wir da, drehten die kleinen Gläschen zwischen unseren Fingern hin und her.

»Ich werde ab jetzt häufiger hier sein.« Sie schenkte uns beiden nach. »Obwohl, häufiger ist relativ bei den Nachtschichten. Und du? Immer tagsüber? Im fünften Stock, stimmt's?«

Ich nickte. Sie musste Dinge über mich aufgeschnappt haben. Beschwerden der anderen wahrscheinlich; dass ich zum Spaßen kein Talent hatte, meine Schuhe nie ordentlich abklopfte, mich von meiner Schwester zu unmöglichen Zeiten anrufen ließ und vom Klingeln des Telefons selbst nicht aufwachte. Wer lange genug im Wohnheim lebte, über den sprach man nur noch, wenn es Beschwerden gab.

»Mach dir keine Sorgen.« Sie trank das Glas wieder in einem Zug aus. »Ich hab kein Interesse daran, die ganze Zeit über die Arbeit zu reden. Wenn man den anderen hier zuhört, könnte man meinen, es gäbe sonst nichts im Leben.«

»Was gibt es denn sonst in deinem Leben?«

»Nun ...« Sie lächelte ertappt. »Hauptsächlich Arbeit.«

»Im dritten Stock bist du?«

Sie nickte.

»Und wie ist es da?«

»Es ist ...« Sie sah an mir vorbei zum Fenster. »Ich muss mich noch umgewöhnen.«

»Ist es schlimm mit den älteren Schwestern?«

»Nein. Das ist es nicht. Es war nur anders vorher. Freier. Ich bin zu den Leuten nachhause gefahren und hab geholfen, ihre Kinder sicher zur Welt zu bringen. Das war ... so nah. Jetzt steht immer die Klinik zwischen mir und den Frauen.«

»Warum bist du weggegangen?«

Sie sah wieder zu mir. »Warum fragst du so viel?«

Ich verstummte schlagartig.

»Erzähl lieber von dir.«

»Ich mag es auf meiner Station. Es ist ...«

»Von dir!«, rief sie lachend aus, »du sollst von dir erzählen, nicht von dieser Klinik!«

»Ach so.« Aber mir fiel plötzlich gar nichts mehr ein.

»Wir haben uns über Wochen hinweg nicht gesehen«, sagte ich stattdessen. Ich sagte nicht: Ich dachte, du meidest mich. Wir haben uns so verlässlich verpasst. Ich dachte, du bist nicht wie wir, du schläfst nicht, ein Leben ist dir zu wenig, du führst Dutzende.

»Ich weiß.« Das Lachen verschwand aus ihrem Gesicht. »Ich konnte nicht …« Sie sah auf ihre Hände. »Ich wollte nicht in dieses leere Zimmer kommen. Die letzten Monate waren schwierig.« Sie schenkte sich ein drittes Mal ein und vergaß mein Glas dabei. »Ich habe meine freien Tage gesammelt, um zu meiner Mutter zu fahren. Manchmal … hab ich auch bei den anderen Nachtschwestern geschlafen. Aber es ist besser geworden. Ich werde ab jetzt eine bessere Zimmernachbarin sein.«

Ich musste an unsere letzte Begegnung denken. Sie hatte die Tür hinter sich geschlossen, und etwas war von ihr abgefallen. Ihre Fassung. Vielleicht war sie da nicht aus der Klinik gekommen.

Sie hatte ein gebrochenes Herz. Jetzt sah ich es. Ein dritter Schnaps darauf, den sie mit geschlossenen Augen runterstürzte.

Ich wollte nicht überrascht sein. Schwestern trafen sich mit Männern, das wusste ich. Wenn ihnen die freien Stunden dazu fehlten, nutzten sie freie Minuten, zitierten Besagte in nächste Nähe zum Haus oder stahlen sich im Krankenhaus in einen toten Winkel. Manche Schwestern verließen ihren Beruf für die Männer. Gingen fort, wie meine alte Zimmernachbarin. Trotzdem glaubte ich, dass einige darüber erhaben waren. Die älteren Schwestern, die hier im Haus lebten oder sich in der Stadt kleine Wohnungen teilten. Jene alten Jungfern, die abends die Zeitung lasen und Jüngere dazu veranlassten, zu verkünden: »Nie werde ich so wie die!« Aber mir schien ihr Leben nicht schlecht.

»Was ist passiert?« Es ging mich nichts an. Ich wollte alles darüber wissen. Ich würde mitleiden, lächeln, Tröstendes sagen, wie eine gute Zimmernachbarin. Ich würde nicht enttäuscht darüber sein, dass Sarah gewöhnlich war, was die Angelegenheiten des Herzens anbelangte.

»Es wurden Entscheidungen getroffen. Für ein anderes Leben.« Sie stellte ihr Glas weg. Sie schüttelte den Kopf. Kein Wort mehr darüber. »Liest du mir was vor?«

»Vorlesen?« Sie hatte es gesagt, als wäre es Routine zwischen uns.

»Irgendwas. Lieber nichts Trauriges. Danach ist mir gerade nicht.«

Ich sah auf ihren Bücherstapel. »Nein, nichts davon.« Sie stieß die Bücher mit der Hand vom Nachttisch. »Das ist alles deprimierender Mist.«

Ich dachte an das Buch von Bibi. Das ging nicht. Der Schnaps, und mit ihm der Mut, waren außer Reichweite.

»Ich möchte einfach gerne eine Geschichte hören. Mach dir doch nicht so viele Gedanken drum. Oder hast du keine Bücher hier?«

»Ich habe ein Kinderbuch.«

»Ein Kinderbuch?« Sie stieg wieder unter die Decke. Ich biss mir auf die Lippe. Gleich wird sie mich auslachen, dachte ich.

»Das ist genau das Richtige.« Sie streckte sich. »Dein altes Kinderbuch?«

»Das meiner Schwester.«

Ich stand auf und ging zum Schrank. Dort zog ich Bibis Lieblingslektüre unter meinen zusammengelegten Kleidern hervor. »Sie wollte das immer und immer wieder hören. Sie ist fünf Jahre jünger als ich.« Meine Zunge wurde locker. »Als Kind ist sie schlafgewandelt. Meine Schwester, sie ... ich glaube, sie hatte Angst vor dem Schlaf. Sie konnte sich später nicht dran erinnern, dass sie durch die Wohnung gewandert ist, aber sie war danach ganz erschöpft. Also, vielleicht hat sie gewusst, dass sie nicht schläft wie alle anderen und einfach daliegt, sondern dass sie Distanzen zurücklegt und Treppen steigen will, und dieses Buch hier war das Einzige, womit man sie zurückholen konnte. Eine Geheimwaffe. Unsere Geheimwaffe.«

Sarah streckte ihre Hand aus. »Zeig mal«, sagte sie. Während der Wasserfall an Worten in meinem Kopf nachhallte, fuhr sie mit den Fingern über die alten Seiten, die Klebestreifen entlang, die das Buch zusammenhielten.

»Wie heißt deine Schwester?«

»Bibiana. Bibi. Es gibt auch Wilm, meinen Bruder.«

»Bei uns gibt es nur meine Mutter und mich.« Sarah klappte das Buch wieder zu. Sie reichte es mir und schloss die Augen, verschränkte die Hände über dem Bauch.

»Bereit.«

Als ich wieder aufwachte, lag das aufgeklappte Buch neben mir. Der Morgen erwartete mich. Sarah schlief noch tief. Oder schlief sie erst jetzt? Sie war immerhin eine Eule, der Morgen läutete üblicherweise ihren Feierabend ein. Wie hatte ich all diese letzten Stunden mit ihr verpassen können?

Dann fiel es mir wieder ein, das gebrochene Herz. Dass sie über so etwas nicht erhaben war. Statt Enttäuschung spürte ich einen heftigen Ärger auf die unbekannte Person, die dafür verantwortlich war.

Ich nahm das Buch und legte es auf ihren Nachttisch. Dann sammelte ich die anderen Bücher auf, die sie am Abend runtergestoßen hatte. Den Schuh würde ich nicht anfassen. Er sollte auf mich warten, bis ich wiederkäme. Oder bestenfalls für immer hier liegen.

Ich blieb einen Moment bei ihr stehen. Einen Moment hatte ich. Ich würde mich danach beeilen müssen, aber ich wollte sie anschauen. Ihr einen Moment lang beim Atmen zuschauen. Beim Träumen vielleicht; ihre Lider flackerten.

Die Füchsin soll dir gute Gesellschaft leisten, schrieb ich auf ein abgerissenes Stück Papier und steckte es als Lesezeichen in das Kinderbuch. So tat ich es ihr auf den Nachttisch.

Als ich am Abend nachhause kam, lag auch auf meinem Kopfkissen ein Buch. Der Klappentext kündigte die Geschichte eines jungen Mannes an, der gerne spazierte und dabei über die Welt nachdachte. Daneben eine zusammengefaltete Nachricht.

Was Menschen tun, die weniger arbeiten. S.

5

Sarah hatte recht behalten. Wir trafen jetzt mindestens einmal die Woche in unserem Zimmer aufeinander. Trotzdem fuhr ich jedes Mal kurz zusammen, wenn wir uns begegneten. Wie an jenem Dezembertag, als sie plötzlich im Türrahmen stand. Ich war gerade dabei, zu packen, um nachhause zu fahren.

»Wann geht dein Zug?«, fragte sie, ohne ein Hallo.

Mein Herz machte einen kleinen Satz. »In zwei Stunden.« Immer war ich ein bisschen überrascht, wenn ich ihr Gesicht sah. Weil es anders war als das in meiner Vorstellung. An den Details lag es nicht. Die gelangen mir alle gut. Sogar den kleinen Leberfleck konnte ich blind unter ihrem linken Auge platzieren. Aber sie, die mir hier gegenüberstand, war nicht die in meinem Kopf.

»Meiner in dreißig Minuten.«

Sarah kam rein und schloss die Tür hinter sich. Ihr Koffer stand schon griffbereit auf dem Stuhl, ausgebeult von seinem Inhalt. Auch sie würde gleich wieder zu einer Tochter werden.

Jedes zweite Jahr durften wir über die Feiertage zu unseren Familien fahren. Der Gedanke daran löste keine Freude in mir aus. Ich stellte mir den Küchentisch vor, das fehlende Gedeck für Bibi. Ich erinnerte mich an Schweigen und an die Eruptionen, mit denen das Schweigen dann brach. Nichts schrie in unserer Familie mehr nach Streit als ein Fest, an dem alle in Frieden zusammenkommen sollten. Nur unsere Nachbarn konnten das in Schach halten. Wenn man durch die dünnen Wände hörte, wie sie sich stritten, war Ruhe bei uns. So wie die waren wir schließlich nicht.

»Ich habe eigentlich gehofft, ich müsste arbeiten«, sagte Sarah. Sie hatte sich auf das Bett gesetzt und sprach mit meinem Rücken.

»Ich auch.«

Das schien sie zu verwundern. »Ach ja?«

Sie konnte dieses Gefühl in mir auslösen. Sie machte eine Pause, als zweifle sie daran, dass ich die Wahrheit sagte. Und ich begann selbst zu zweifeln, ob ich die Wahrheit sagte. Vielleicht wollte ich ihr einfach nur gefallen.

»Sehe ich aus wie die anderen, die so glücklich durch die Gegend spazieren?«

»Von hinten siehst du ganz glücklich aus.«

Ich musste lachen.

Eine große Hast hatte uns Schwestern in den letzten Wochen erfasst und durch die Klinik und das Haus getrieben. Aber es waren auch ein paar Beseelte drunter, denen konnte das pausenlose Schuften vor Jahresende nichts anhaben. In ihren ersten Monaten hier hatten diejenigen aus den glücklichen Familien noch Briefe beim Abendbrot vorgelesen, andauernd telefoniert, stolz von ihrem Heimweh erzählt. Nach und nach war es ihnen dann vergangen. Vor den Feiertagen kam die alte Angewohnheit allerdings verlässlich wieder.

»Viel Streit?«, fragte sie.

Ich nickte. Ich musste an den Frieden denken, an den tatsächlichen, unerklärlichen Frieden, der an den Feiertagen manchmal die Station füllte.

»Wir streiten auch, meine Mutter und ich. Wir streiten von früh bis spät. Dazwischen führen wir diese komischen Rituale aus, wir kochen zusammen, wir beten und zünden Kerzen an, weil ... ich weiß nicht, warum, ehrlich gesagt. An den Feiertagen weiß ich nie, warum.«

»Weil es die Erde ist, aus der wir gemacht sind.«

Ich warf ihr über meine Schulter einen kurzen Blick zu. Sie lächelte. »Es ist einfacher hier«, sagte sie. »Wenn die anderen weg sind, kann ich arbeiten. Dann steht niemand zwischen mir und meiner Arbeit.«

»Arbeitest du deshalb immer nachts?«

»Unter anderem, ja. Ich mag die Nacht.«

»Ich nicht. Sie macht mir Angst.«

»Mir macht der Tag Angst.«

Mein Koffer war längst gepackt, so ordnete ich die Dinge neu. Ich schob das Necessaire von einer Seite auf die andere. Ich rollte meine Socken ineinander, dann rollte ich sie wieder aus. Ich wollte unbedingt meine Hände beschäftigt halten.

Sie scharrte mit den Füßen auf dem Boden. Kurz dachte ich, dass sie auch nervös war, dass ihr Körper sich in meiner Gegenwart genauso fremd und unbeholfen fühlte wie meiner in ihrer.

»Ich möchte dich etwas fragen«, sagte sie. Ich packte meine beiden Strickjacken wieder aus, faltete sie neu zusammen, legte die Ecken aufeinander, so dass sie ganz genau passten. Es war lächerlich, dachte ich. Gleich würde sie merken, wie lächerlich ich war.

»Darf ich?«, fragte sie mit Nachdruck.

Ich musste etwas sagen, fiel mir auf. »Natürlich.«

Aber sie fragte nichts. Es blieb still im Zimmer. Also drehte ich mich zu ihr um. Sie hatte den Kopf gesenkt.

Gleich wird sie mir sagen, dass sie geht, dachte ich plötzlich. Wie meine alte Zimmernachbarin wird sie mir sagen, dass sie in ein anderes Leben aufbricht. Und ich habe nichts, womit ich sie dazu bewegen kann, es nicht zu tun.

»Bleibst du mit mir hier?« Sie sagte es so leise, dass ich es fast nicht verstand. »Bleiben wir hier?«, sagte sie noch einmal, als ich nichts darauf erwiderte, dieses Mal lauter. »Wir packen unsere Sachen wieder aus. Wir rufen zu Hause an und sagen, dass wir arbeiten müssen.«

Unmöglich, dachte ich. Ihr Vorschlag war unmöglich. Ich sollte also den Zug ohne mich fahren lassen, den nächsten, den übernächsten, bis keine Züge mehr fuhren. Ich sollte hören, wie die anderen zu ihren Familien oder zur Arbeit aufbrächen, eine nach der anderen, bis das Haus ganz leer wäre.

Nur wir müssten nirgendwohin, niemand würde auf uns warten, wir hätten nichts zu erledigen.

»Das geht nicht«, sagte ich.

»In Ordnung.« Sie kam zu mir herüber, öffnete den Schrank und zog ihren Mantel vom Bügel. »Du hast recht.« Sie streifte ihn über. »Es war eine dumme Idee, nicht? Wir haben schließlich unsere …« Sie suchte nach dem richtigen Wort.

»Pflichten?«

Sie griff nach ihrem Koffer. »Mach's gut, Meret. Bis bald.«

»Bis bald.«

Und sie wäre gegangen, hätte ich da nicht zu lachen angefangen. Als sie mir ohne einen letzten Blick ihren Rücken zuwandte, brach es aus mir heraus. So absurd erschien es mir in diesem Moment, dass wir beide jetzt nachhause fahren würden, obwohl es plötzlich die Möglichkeit gab, es nicht zu tun. Wie konnte es schwieriger sein zu bleiben, als zu gehen?

»Geht es dir gut?« Sie runzelte die Stirn.

»Bleib.« Ich japste nach Luft. »Bitte bleib.«

6

Ich erinnere mich so genau an diese drei Tage, als hätte ich Buch über sie geführt.

Wenn ich die Augen schließe, sehe ich, wie Sarah ihren Koffer wieder ablegt. Ich kann hören, wie die Schritte vor unserem Zimmer langsam weniger werden. Ein letzter Stoß eilender Schwestern auf dem Weg zu ihren Familien, dann nur noch die Geräusche des Hauses. Das Gluckern seiner Leitungen in der Schreckenssekunde, da mir bewusst wurde, was wir getan hatten.

Ich ging nach unten zum Telefon und rief zu Hause an. Wilm, der am anderen Ende der Leitung war, erzählte ich von einem Notfall in der Klinik. Ich war dankbar, dass er abgehoben hatte; meinen Vater anzulügen, wäre nicht annähernd so einfach gewesen. Danach zog ich mich um. Ich hängte das Kleid, das für die Tage mit meiner Familie gedacht war, wieder auf den Bügel und streifte eins der anderen über.

Unser Mut hatte uns hungrig gemacht. Wir untersuchten zusammen, was die Speisekammer hergab. An den Feiertagen war niemand da, der das Kochen für die dagebliebenen Schwestern übernahm, also schälten und schnitten wir Gemüse, wuschen Linsen, tasteten in der blinden Ecke hinter der Tür nach dem Speck, der dort für besondere Anlässe versteckt wurde. Das Radio befreite uns von ungeschicktem Schweigen. Wir lachten über die Klassiker, die es spielte.

Schwestern, die später zur Nachtschicht mussten, schauten vorbei und boten uns ihre Hilfe an. Sie deckten den Tisch und stellten Kerzen auf. Keine von ihnen arbeitete auf unseren Stationen, so stimmten wir beim Essen in ihre Klagen über den bevorstehenden Dienst mit ein. »Lasst stehen«, sagte ich, als wir nach dem abschließenden Kaffee alle aufstanden. Ich nahm ihnen das Geschirr aus der Hand. »Lasst stehen, hab ich gesagt!« Sie waren so erstaunt über meine Strenge, dass sie gehorchten.

Danach spülte ich in der Küche das Geschirr. Sarah trocknete ab und räumte alles weg. Durch die beiden Fenster über den Spülbecken sahen wir, wie die Schwestern draußen auf die Räder stiegen und davonfuhren.

Ich löschte das Licht, als wir fertig waren. Sarah stellte das Radio aus. Wir blieben noch ein paar Momente in der dunklen Küche stehen.

Ich erinnere mich, wie sie vorschlug, dass wir spazieren gehen sollten. »Ich finde dieses Gestrüpp im Speiseraum so traurig. Wollen wir uns die richtigen Festtagsbäume anschauen?«

Der Wald in der Heiligen Nacht.

Die Nadeln, die unter unseren Schuhen knacksten.

Das dunkle Haus, das uns empfing.

Ich erinnere mich an die Kälte, an das vergebliche Pochen der Heizkörper.

Ihre Frage: »Frierst du?«

Sie stand auf, ging zum Schrank und holte ihren Mantel hervor.

Das Gewicht der Wolle, als sie ihn mir um die Schultern legte. Ihr Kleidungsstück auf meiner Haut. Ihr Geruch, der mich ganz umschloss.

Da war ein Hunger. Leise und plötzlich.

Ich erinnere mich an zwei Monde. Einen am Himmel, einen an der spiegelnden Fassade des Hochhauses. Nur für einen kurzen Moment, als die Wolken sie mitten in der Nacht freilegten.

»Schau«, sagte ich.

Sie schlief schon.

Ich wachte als Erste auf. Ich sah sie an. Sie schlug die Augen auf, als hätte ich sie mit meinem Blick geweckt.

Wir krochen unter unseren Decken hervor. Wir tasteten mit den Füßen nach unseren Hausschuhen und traten auf den kalten Boden. Nur ich zuckte zusammen.

Sie folgte mir zur Toilette. Sie wusch sich das Gesicht, während ich mich erleichterte. Ich legte meine beiden ausgestreckten Handflächen an die Wand der Kabine. Mein Herz klopfte.

Unsere Blicke trafen sich beim Zähneputzen im Spiegel. Sie war Linkshänderin. Wie konnte mir das davor nicht aufgefallen sein. Rasch sah ich weg.

Sie ging erst in die Kabine, nachdem ich die Toilette verlassen hatte. Kurz wollte ich protestieren. Es war doch ungerecht, dass sie beim Pinkeln jetzt ihre Privatsphäre hatte.

Sie kam ins Zimmer, als ich mein Nachthemd abstreifte. Sie tat es mir gleich. Unbekleidet stand sie am äußersten Rand meines Blickfeldes. Sie zog ihre Strümpfe über die Beine. Sie wartete, bis ich eins meiner Kleider aus dem Schrank gegriffen hatte, dann nahm sie ihres.

Ich hielt den Stoff zwischen meinen Händen. Ich ging zurück zum Schrank. Dort hing mein Kleid, das ich gestern wieder abgelegt hatte. Das Kleid, in dem ich eine Tochter war, immer nur eine Tochter. Ein Kleid mit einem bestickten Kragen. Ich trug es nie hier im Haus, außer an den Tagen, wenn ich abreiste.

Ich nahm es hinaus. Ich hängte das andere zurück.

»Frohe Festtage«, flüsterte sie. Sie lächelte. Sie hatte selbst ihr bestes Kleid angezogen. Die Knopfleiste reichte von ihrem Hals bis zu ihren Knien runter.

Nur zwei ältere Schwestern saßen im Speiseraum und lasen die Zeitung. Sie sahen kurz auf und nickten uns zu. Dann wandten sie sich wieder ihrer Lektüre zu. Ist doch alles gut, sagte ich mir selbst. Wir machen hier nichts Verbotenes.

Wir nahmen uns ein Stück vom Kuchen, den jemand frühmorgens gebacken haben musste. Wir füllten unsere Tassen mit Kaffee und setzten uns an einen der Tische. Wir aßen schweigend.

Plötzlich schienen mir die kommenden drei Tage endlos. Stunden wie Sand am Meer, gefüllt mit nichts als unserer Anwesenheit. Ich blickte zu ihr. Sie sah so unbesorgt aus. Ich beneidete sie.

»Und jetzt?«, fragte ich, nachdem wir unser Geschirr in die Küche gebracht hatten.

»Komm, ich habe eine Idee.«

Wir holten unsere Mäntel. »Warte«, sagte sie, als ich zur Tür hinauswollte, »so können wir dort nicht aufschlagen.« Sie ging in die Knie und bürstete ihre Schuhe ab. Ein paarmal stapfte sie, Tannennadeln von unserem Abendspaziergang fielen aus ihren Sohlen auf die Fußmatte. Sie reichte die Bürste an mich weiter. Geduldig wartete sie, während ich den Dreck von Wochen runterbürstete.

»Jetzt sind wir bereit.«

Sie fuhr voraus. Ich folgte ihr durch die fast leeren Straßen, an der Reihenhaussiedlung mit den tiefen Dächern vorbei, dem grünen Haus, wo wir in Richtung Stadt abbogen. Auf den Gehsteigen waren ein paar wenige Menschen unterwegs.

Vor der Kirche am Markt hielten wir an. »Hier sind wir. Gehen wir rein?« Sie blickte auf eine Bank in der Nähe des Eingangs.

»Nein.«

»Mir gefällt es draußen auch besser.«

Wir stiegen von den Rädern. An uns vorbei strömten die Menschen zum Gottesdienst hinein. Wir setzten uns, sahen den spät Kommenden dabei zu, wie sie hineineilten. Der Letzte schloss die schwere Tür hinter sich.

Kurz war nichts als der Wind zu hören. Dann begann die Predigt. Wir lauschten den gedämpften Stimmen. Dem Gesang der Anwesenden. Sarah hatte die Augen geschlossen.

Es gab einen Chor in der Straße, wo ich aufgewachsen war. Daran dachte ich, während wir auf dieser Bank saßen. Ich wusste weder, wo in der Straße der Chor war, noch, warum es ihn gab. Ich wusste nur, ich hörte ihn manchmal im Zimmer von Bibi und mir. Spätabends, bei geöffnetem Fenster hörte ich ihn, als käme er aus einer anderen Welt, und ich schlief zu seinem Gesang ein.

Wir lagen auf unseren Betten und bestaunten die leeren Stunden. Wir leisteten den älteren Schwestern in der Küche Gesellschaft, die sich nach dem Abendessen einen Krimi vorlasen, und lachten mit ihnen über die hanebüchenen Wendungen. Wir schlichen durch das Haus, ohne festes Ziel.

Wir gingen die Sachen durch, die in der Kammer neben den Postfächern deponiert wurden, wenn eine Schwester sie nicht mehr haben wollte. Aschenbecher, die Anfang und Ende eines Lasters markierten. Unbenutzte Stifte und Papier. Eine schöne Strickjacke, ein neues Paar Schuhe von denjenigen Schwestern, die aus besserem Haus kamen und keine Verwendung dafür fanden. Sarah nahm die Strickjacke mit. Ich die Zeichnung von einer alten Frau, die Äpfel schälte. Zurück im Zimmer hängte ich das Bild über meinen Nachttisch.

Wir machten Pläne für das nächste Essen. Wir duschten, die Rücken einander zugewandt, so lange, so ausgiebig wie sonst nie. Minutenlang hielt ich meinen Kopf ins herausströmende Wasser. Sie stellte das Wasser auf kalt und schrie. »Du auch!«, rief sie durch den gekachelten Raum. Ich griff nach dem Hahn. Ich drehte ihn ganz nach links. Mir blieb der Atem weg, als das eiskalte Wasser sich über mich ergoss. Keuchend trocknete ich mich danach ab. Ich spürte ihren Blick auf mir, für einen kurzen Moment. Dann sah sie wieder weg.

7

Fahr bis zum grünen Haus. Ich warte dort um halb acht auf dich.

Sie hatte die zusammengefaltete Nachricht in meinen Spind geschoben. Ich fand sie, als ich mich für den Heimweg bereitmachen wollte.

Wir würden einander unsere freien Tage mitteilen; das hatten wir uns am sechsundzwanzigsten Dezember, kurz vor dem Einschlafen, versprochen. Es war ihr Vorschlag gewesen. Seither verabschiedeten wir uns nach ein paar gemeinsamen Stunden: »Bis Dienstag.« »Bis Samstag.« »Bis in zehn Tagen.« Es waren flüchtige Stunden. Ich hatte sie bei mir, ich blinzelte, und sie war wieder fort.

Ich warte dort um halb acht auf dich. Ich starrte auf ihre Worte. Dann besann ich mich und griff nach meiner Uhr. Zwanzig nach sieben.

So schnell war ich sonst nur, wenn ich während meiner Schicht den Abgrund gesehen hatte. Ich steckte ihre Nachricht in mein Strumpfband, warf die Uniform ab, zog Kleid, Strickjacke und den Mantel über und stieg in meine Schuhe. Ich stieß die Tür auf, donnerte sie den nächsten Schwestern entgegen, entschuldigte mich hastig, ohne stehen zu bleiben. Dann raste ich los, raste durch den Wald, vertraute meinen Händen, dass sie im richtigen Moment abbremsten, vertraute meinem Rad, dass es nicht ins Straucheln kam. Es gelang, natürlich. Dieser Weg war längst in mich übergegangen.

Als ich ihre Umrisse an der Kreuzung sah, kehrte das Flirren in meinem Magen zurück. Sie hatte ihre Arme auf dem Sattel aufgestützt und beobachtete mich.

»Da bist du ja«, sagte sie. Wieder lächelte sie nicht. Lächelte nie, wenn wir uns begrüßten, als könnten erst die Minuten miteinander diese Regung in ihr aufbrechen.

»Es tut mir leid«, japste ich.

Sie legte ihre Hand auf meine. »Atme doch erst mal.«

Ich merkte, wie mir die Knie zitterten. Meine Sicht trübte sich. Kurz fürchtete ich, von einer Ohnmacht überwältigt zu werden.

»Hier.« Sie reichte mir eine Flasche Wasser. Ich trank, bis mein Körper sich wieder beruhigte. »Es gibt einen Ort, den ich dir zeigen möchte. Es ist nicht weit. Kommst du mit?«

Jetzt lächelte sie. Lächelte in der Dunkelheit, als wüsste sie ganz genau, dass ich überallhin mitkommen würde, dass ich gar keine Wahl hatte.

Während wir durch die Straßen fuhren, blickte ich auf das nächtliche Treiben. Ein paar Leute waren unterwegs, ihre Schuhe klackerten auf dem Pflasterstein, ihre Stimmen stiegen an den Hauswänden hoch, gelöst und angeheitert. Ich hoffte, dass Sarah nirgendwo reingehen wollte. Das Licht würde meine Hast, meine Müdigkeit und den Tag, der überall an mir haftete, gnadenlos offenbaren.

Wir hielten vor einem Restaurant. Ich kannte es. Hatte mich schon einmal mit den Schwestern um einen der Tische geschart und billigen Alkohol getrunken. War so erleichtert gewesen, als wir endlich aufbrachen und ich durch die Nacht zurück zum Wohnheim fahren konnte. Hatte meine alte Zimmernachbarin dafür geliebt, dass sie die unsichtbare Trennlinie zwischen unseren Betten nie übertrat, dass ihr Vergnügen so wenig bedeutete, dass ihr Herz in all den Jahren nur zweimal zu Bruch ging. Nicht wie bei den anderen, wo es ohne Unterlass brach, ein störanfälliges Organ, immer nur gerade so zusammengeflickt, bevor der Nächste es wieder auseinanderriss.

»Kommst du?« Sarah legte mir ihre Hand auf meine Schulter, und ich spürte plötzlich das Loch in meinem Magen, ein Nichts, das ihren Berührungen standzuhalten versuchte.

Ich ließ mich von ihr mitziehen. Uns wurde ein Tisch zugewiesen, Sarah wartete, bis der Kellner weggegangen war, dann flüsterte sie: »Lass deinen Mantel an. Steh auf.« Sie hakte sich bei mir unter, führte uns zu den Toiletten und stieß dort die Tür zum Notausgang auf.

»Hoch«, sagte sie, und ich gehorchte, ohne nachzufragen, begann zu glauben, dass ich vielleicht träumte und eigentlich noch schlafend in der Umkleide lag. Nur im Traum stieg ich durch dieses Treppenhaus, berührte seine nackten Wände, weil das Geländer leicht ruckelte, mit ihr in meinem Rücken.

Wir gingen hinaus ins Freie.

»Schau«, sagte Sarah. Sie drehte mich sachte zur Seite und deutete auf das Gebäude gegenüber. Einige Stockwerke über uns ragte es weiter in den Himmel. Auf der glatten Fassade spiegelte sich der Nachthimmel.

»Erkennst du es wieder?«

Sie hatte Brot mitgebracht, einen Wein und zwei Gläser. Wir tranken schweigend, während die Wolken auf der Fassade vorbeizogen, kurz den Mond zeigten und ihn wieder verschluckten. Es war kalt auf dem Dach. Die Kälte pfiff durch die Luft, fand jede freie Hautstelle und kroch durch die Kleider.

»Wo kommst du her?«, fragte ich irgendwann, als ich meine Finger schon kaum mehr spürte. Es gab keine Fotos in unserem Zimmer, die irgendeinen Anhalt boten. Auch ich hatte bis auf meine neue Zeichnung nichts aufgehängt. Das Bild von mir mit meiner Familie lag sicher verstaut in der Schublade. Bislang war fast jede meiner Nachfragen im Sand verlaufen.

»Meine Mutter war achtundvierzig, als ich zur Welt kam«, sagte sie. »Stell dir vor. Sie war fast ihr ganzes Leben lang alleine. Sie wäre es auch lieber geblieben.«

»Das stimmt doch nicht.«

»Natürlich stimmt das.« Sie schenkte uns noch mal nach. »Aber ist das schlimm? Ich glaube nicht.«

Sie rückte etwas auf. Nicht für sich, dachte ich, denn sie war ja immun, sie fror nie. Sie hatte mir an Heiligabend ihren Mantel um die Schultern gelegt und dabei nur ihr Nachthemd getragen. Sie ging barfuß durch unser Zimmer. Sie schlief und wand sich dabei aus der Decke, ich konnte ihre nackte Haut sehen, ich deckte sie zu, sie befreite sich wieder.

»Ich stamme von Geistern ab.« Sie fuhr sich durch die Haare. »Meine Großeltern, meine Tanten, ich habe niemanden von ihnen kennengelernt. Die sind alle vor meiner Geburt gestorben. Was meinen Vater anbelangt … es gibt kein Bild von ihm. Ich habe die Haare und den Mund meiner Mutter, aber was an mir von ihm ist und was Gott sich einfach so hat einfallen lassen …« Sie zuckte mit den Schultern. »Ich weiß, dass er ein Tourist war. Es hat ihn versehentlich in die Gegend verschlagen. Etwas anderes hätte mich auch erstaunt. Es gibt nirgendwo so wenig zu sehen wie bei uns in der Gegend. Er ist zehn Tage bei meiner Mutter geblieben. Daraus bin ich entstanden. Meine Mutter hat das immer ein Wunder genannt.«

»Das ist schön.«

»Sie hat das nicht im Sinne von Glück gemeint.«

»Weißt du seinen Namen?«

»Maurice.« Sie zeigte mir ihre leere Hand. »Siehst du? Da ist fast nichts, für das ich ihn lieben kann.«

»Dich gibt es doch.« Ich wollte meine Hand auf ihre legen. Es waren nur ein paar Zentimeter, die ich dafür überwinden musste. »Kannst du ihn nicht dafür lieben?«

Sie lächelte. Sie steckte ihre Hand wieder in die Manteltasche.

»Und du?«

»Ich habe dir schon viel erzählt.«

»Du hast gesagt, dass deine Schwester weggegangen ist?«

»Ja. Nachdem unser Vater seinen Herzinfarkt hatte.«

»Ein seltsamer Zeitpunkt.«

»Sie wird ja wiederkommen. Irgendwann. Wenn sie genug gesehen hat von der Welt.«

»Das kann nicht sein.« Sarah fuhr sich mit der Zunge über die Lippen. »Dass man irgendwann genug gesehen hat von der Welt.«

Auf dem Nachhauseweg machte sie plötzlich eine Vollbremsung. Sie stieg von ihrem Rad ab und beugte sich über einen Hocker, den jemand vor einer Hausfassade abgestellt hatte. *Zum Mitnehmen* stand auf dem Zettel, der darauf angebracht war.

»Schau mal«, rief sie aus. »Für uns!«

Ich konnte sie nicht davon abhalten. Sie versuchte, den Hocker erst auf dem Fahrrad zu befestigen, schulterte ihn dann, überzeugt davon, dass er in unser Zimmer gehörte, dass eine Pflanze darauf zu stehen hatte wie in einem ordentlichen Zuhause.

»Wer hat dein Herz gebrochen?«, fragte ich, als wir wieder in unserem Zimmer waren. In den Kleidern saßen wir auf unseren Betten. Mir rauschte das Blut in den Ohren, ich fühlte mich, als dürfte ich alles fragen.

Sie sah in ihren Tee hinein. Sie antwortete nichts, und die Sekunden begannen sich zu dehnen. Kälte breitete sich aus in meinem Magen.

»Es wird andauernd gebrochen«, sagte sie schließlich, »ich fahre in diese Klinik, und ich weiß, wenn ich zurückkomme, muss ich es wieder zusammenschrauben. Nicht immer. Es gibt Tage, an denen alles plötzlich Sinn ergibt, aber … du weißt, wie es ist. Wie sie zu den Patientinnen sind.«

»Nicht alle.« Ich war eine Spur zu laut. »Nicht alle sind so«, setzte ich leiser nach.

»Du meinst den Doktor auf deiner Station?« Sie stellte ihre Tasse ab. »Du meinst dich?«

Ihr Tonfall irritierte mich. Ich sagte nichts mehr. Sie sah es sofort. »Entschuldige«, sagte sie leise, »so wollte ich unseren Abend nicht beenden.«

Sie stand auf. Sie zog ihren Mantel aus. Sie hing ihn in den Schrank und streifte hinter der halb geöffneten Tür ihre restliche Kleidung ab. Knopf für Knopf kamen die Linien ihres Körpers zum Vorschein. Ihre linke Schulter. Ihre linke Brust. Der Rippenbogen. Der Hüftknochen. Die Linie darunter, die zwischen ihre Beine verwies.

Sie blickte zu mir. Ich fühlte mich ertappt, aber ich konnte nicht wegsehen. Ihre Augen fragten mich auch nicht danach. Sie musterten mich. Sie gingen in mich hinein.

»Ich habe mir einen gemeinsamen Moment in einem Zimmer gewünscht. Es gab uns nur draußen. Es gab mal ein paar Minuten hier, eine Stunde da, ich habe mich gefühlt wie ein Hund. Man gibt mir nur so viel zu essen, dass ich überlebe. Mein Hunger allerdings …«, sie zog ihr Nachthemd über den Kopf, »mein Hunger geht nie weg.«

Sie schloss den Schrank und kroch in ihrem Bett unter die Decke.

»Und du?«, fragte sie. »Wer hat dir das Herz gebrochen?«

»Niemand. Höchstens meine Schwester, als sie weggegangen ist.«

»Aber die kommt zurück.«

Ich nickte. »Die kommt zurück.«

8

Ein paar Tage später hatte ich frei. Ich wachte auf, als Sarah nach ihrer Schicht ins Zimmer kam. Wir wollten die hellen Stunden nutzen, um zusammen den Hocker abzuschleifen, das hatten wir beim letzten Mal verabredet.

»Ich leg mich nur kurz hin«, sagte sie zur Begrüßung, »dann bin ich gleich bereit.« Sie warf ihren Mantel über die Stuhllehne. In den Kleidern stieg sie unter die Decke. Sie schlief sofort ein.

Also verbrachte ich den Tag in ihrer schlafenden Gesellschaft. Ich wusste, ich durfte nicht ohne sie mit dem Hocker anfangen. Ich las, wusch meine Kleider, nahm eine Dusche, lag danach im Bett und hörte ihrem Atem zu.

Sie wachte auf, als die Dämmerung einsetzte. Nur halbherzig ärgerte sie sich darüber, dass ich sie nicht früher geweckt hatte. Ich brachte ihr einen Kaffee und ein paar Brote. Im Keller suchten wir dann Schleifpapier, Grundierung und Lack und stellten uns mit dem Hocker in die untergehende Wintersonne.

»Ich hatte eine lange Nacht«, sagte sie. »Ich wäre gerne wach geblieben und hätte den Tag mit dir verbracht.«

Ich merkte, wie meine Wangen erröteten.

»Manchmal hasse ich sie.« Sie griff in ihre Manteltasche. Sie holte eine Schachtel Zigaretten hervor und bot mir eine an. Ich schüttelte den Kopf. Ich nahm das Schleifpapier zur Hand und fing mit der Arbeit an.

»Die Patientinnen. Manchmal hasse ich sie. Mit Haut und Haar, ich könnte sie alle erschlagen.« Das entzündete Streichholz erleuchtete ihr Gesicht. Sie hielt es zwischen den Fingern, und ich dachte, gleich zündet sie das Möbelstück an, gleich fängt es in meinen Händen zu brennen an.

»Ich hasse es, wie sie behandelt werden.« Sie zündete ihre Zigarette an und blies das Streichholz aus. »Ich denke, es ist ihre eigene Schuld. Warum sind sie auch so dumm? Ich hasse es, dass sie Schmerzen haben. Dass man es ihnen ansieht. Und dann merke ich, wie ungerecht ich bin, und ich hasse mich selbst. Will mich selbst erschlagen.«

Ich sagte nichts. Ich spürte die vertraute Übelkeit zwischen den Rippen. Nicht so wie sonst, nicht so, dass ich zählen musste. Aber sie war da.

»Hasst du es nie?«

»Nein.«

Sie legte die Stirn in Falten. Wieder diese Pause, weil sie mir nicht glaubte. Ich dachte an die Verzweiflung. Die pechschwarze Verzweiflung, die lauerte, wenn es hoffnungslos wurde auf der Station.

»Es kann hart sein«, gab ich zu, »aber hassen … Es ist eine gute Arbeit. Sie bringt so viel …« *Gutes*, wollte ich sagen. Es verließ meine Lippen nicht. Sie nickte.

So wie wir in diesem Hof standen, wir zwei allein, wollte ich ihr alles ganz genau erzählen. Ich wollte ihr von dem jungen Mann berichten, der dank dem Eingriff vor zwei Tagen seine Zerstörungswut verloren hatte und nun keinen Schaden mehr anrichten konnte. Ich wollte ihr von meiner Kraft berichten, mit der ich ihn durch den Eingriff gebracht hatte. »Halte dich an mich. Ich sehe zu, dass du es schaffst.«

Sie hatte etwas an sich, das mich davon abhielt. Eine Skepsis in ihren Augen, wenn wir von der Klinik sprachen. Meine Sicherheit, meine Stärke, die ich sonst gegenüber meiner Arbeit empfand, schrumpfte in ihrer Gegenwart zu einer vagen Behauptung zusammen. Ich redete nie viel über die Klinik. Ich sagte ein paar Worte über die älteren Schwestern, die Patientinnen, den Eingriff, traf ihren skeptischen Blick und wechselte das Thema. Sie hielt es ähnlich. Sie erzählte, nur um mitten im Satz abzuwinken: »Genug. Darüber wollten wir doch nicht sprechen. Es verseucht nur alles. Oder? Hast du heute die Zeitung gelesen? Was sie über dieses große Feuer geschrieben haben, ich verstehe das nicht …«

Sie nahm einen letzten Zug, dann drückte sie die Zigarette am Boden aus.

»Dein Zuhause.« Ich pustete Staub vom Hocker. Er drehte Wirbel in der Luft und landete auf ihrem Mantel. Sie wischte ihn nicht weg. »Wie ist es da?«

»Wie es da ist?« Habe ich dir nicht genug erzählt, sagte ihr Blick.

Es gab sie und ihre Mutter. Es gab eine Nachbarin, die manchmal zum Teetrinken vorbeikam und dann tagelang blieb. Es gab ein klappriges Auto, mit dem die Mutter sie bei Besuchen vom Bahnhof abholte, nie ein Hallo, die Beifahrertür sprang auf, und schon kam ihr der erste Schwall an WasfüreinWetter, Warumstehstduhierhinten, Wiesiehstdueigentlichaus entgegen.

Das Zuhause lag auf einem weiten Stück Land. Es gab so viel Himmel, dass man müde davon wurde. Es gab Fotos von Großtanten, von Großeltern, alle schon fort, als Sarah kam.

Die Räume in ihrem Zuhause waren feucht. Wie der Keller des Wohnheims, wo wir uns auf der Suche nach dem Schleifpapier durch Unrat gewühlt hatten. Wie im Krankenhaus, in den Umkleiden. »Manchmal stehe ich in dieser Klinik«, sagte Sarah, »und plötzlich …«, sie schnippte, »hab ich das Gefühl, ich bin wieder bei meiner Mutter. Als würden sie und ich die gleiche Luft atmen. Weil es genau gleich riecht. Weil das gleiche Gefühl hier drin ist.« Sie legte die Hand auf ihren Bauch.

»Das ist mir auch schon passiert.«

»Ach ja?«

Ich stieß sie an der Schulter, fester, als ich es intendiert hatte. »Glaub mir doch einfach!«, rief ich dabei. Sie musste einen Schritt machen, um ihr Gleichgewicht halten zu können. Als ich das bemerkte, sank mir mein Übermut wie ein Stein den Magen runter. »Entschuldige«, murmelte ich und senkte den Kopf. Sie kam auf mich zu, nahm mein Kinn zwischen die Finger und schob es hoch.

»Ich bin nicht aus Glas«, sagte sie.

In dem Moment wollte ich das Gewicht meines Kopfes in ihre Hand sinken lassen. Ich wollte die Augen schließen und mich dort ausruhen.

In unserem Zimmer trugen wir den Hocker von einer Ecke zur anderen und wieder zurück. Nirgendwo schien sein richtiger Platz zu sein. Schließlich stellten wir ihn mitten ins Zimmer. »Unser Leuchtturm«, sagte Sarah und setzte ihm eine Kerze auf. Jetzt, da dieses unnötige Möbelstück im Raum stand, wirkte er plötzlich kahl.

»Darf ich die Postkarten von deiner Schwester mal sehen?«

Ich nickte. Ich nahm den kleinen Stapel aus der Schublade und zeigte sie ihr. Sie pfiff anerkennend durch die Zähne. »Die sollten wir aufhängen«, sagte sie. »Deine Schwester bereist ja die ganze Welt.«

»Tut sie nicht.« Ich drehte die eine Postkarte um und begann vorzulesen. »Liebe Meret … ich arbeite immer noch auf dem Hof und seit zwei Wochen sieht der Himmel hier aus, als käme gleich ein göttlicher Kübel Scheiße runter … weshalb ich dir hier eine Postkarte aus dem Süden schicke …«

»Du brauchst nicht zu weinen«, sagte Sarah.

»Ich weine nicht.«

Ich war nicht meine Schwester. Ich saß nicht vor anderen und weinte meine Tränen, schamlos, als wäre ich stolz auf meinen Schmerz.

»Ich werde eine Topfpflanze kaufen«, sagte ich, »für den Hocker. Im Blumenladen am Bahnhof.«

»Nein.« Sie legte ihre Hand auf meine. »Wir werden das zusammen machen. Du und ich. Einverstanden?«

Wie hätte ich es nicht sein können.

9

Sie kniete vor ihrem Bett, die Ellenbogen aufgestützt. Ruhte mit der Stirn auf ihren verschränkten Händen.

So fand ich sie im Halbdunkel. Der Schnee, der draußen lag, warf kaltes Licht hinein. Ich brauchte einen Moment, bis ich ihre Umrisse richtig deuten konnte. Aber ich hatte gewusst, dass sie da war. Wir kannten uns mittlerweile gut genug, um die Anwesenheit der anderen zu spüren, bevor wir das Zimmer betraten.

Die Tür war nur angelehnt gewesen. Ich hatte sie sachte ein Stück aufgestoßen. Es war schon spät, die Nacht längst angebrochen.

Ich blinzelte, weil ich mir nicht sicher war, ob ich richtig sah. Sie flüsterte mit geschlossenen Augen. Sie bemerkte mich nicht.

Leise schloss ich die Tür wieder. Ich ging nach unten. Saß dort alleine an einem der langen Tische und nahm mein Abendessen zu mir. Ich war Zeugin von etwas Intimem geworden, intimer als ein nackter Körper, intimer als Tränen.

Ich hing meiner Verwirrung nach. Hörte den Geräuschen des Hauses zu. Dem Holz, das von der Kälte knirschte, das Rauschen in den Wänden, untrügliches Zeichen nächtlicher Toilettenbesuche. Irgendwann auch ihre Schritte auf der Treppe. Sie blieb im Türrahmen stehen.

»Komm in die Wärme«, sagte sie.

Ich war jenseits von Müdigkeit. Ich wollte mich nicht hinlegen, ich wusste, ich würde sonst die Nacht mit meinen Gedanken verbringen.

»Ich werde noch mal rausgehen.«

»Es ist furchtbar kalt.«

In den Fenstern sah man Eiskristalle, die sich ihre verästelten Wege bahnten. Ein letztes Aufbäumen des Winters. Es war schon Ende März.

»Komm mit«, sagte ich.

Wir nahmen die Räder und fuhren bis dahin, wo der asphaltierte Weg aufhörte. Wie eine schwarze Wand empfing einen der Wald üblicherweise, aber der Schnee gab ihm Konturen, machte ihn weich, einladend fast. Wir stellten die Räder ab und nahmen den Pfad, den wir auch an Heiligabend gegangen waren. Er würde uns wieder hierher zurückführen.

Wir schwiegen. Der Schnee hatte seine Decke über allen Geräuschen ausgebreitet. Nur unsere knirschenden Schritte waren zu hören, unser Atem, hin und wieder ein Knacken im Dickicht.

Viele der Schwestern fürchteten den Wald. Wenn es dunkel war und sie alleine fahren mussten, nahmen sie den großen Umweg. Es gab Geschichten, natürlich, und alle waren sie auf ihre Art schaurig. Mir machte der Wald keine Angst. Ich vertraute auf den Weg, den ich Tag für Tag fuhr, ich war mir sicher, dieses Vertraute schirmte mich.

Sarah ging voraus. Sie hielt es nie lange neben mir aus, wenn wir in Bewegung waren. Ich kannte ihren Rücken inzwischen so gut. Kannte die leicht geneigte Haltung, die er auf dem Fahrrad einnahm. Kannte den aufrechten Gang, ihren Stolz darin, den sie auch gegen ihre Müdigkeit verteidigte.

Es fing wieder zu schneien an. Erst hielt ich es für eine Täuschung, Schnee, den ein kleiner Windstoß von einem Baum gestoben hatte. Aber dann wurden die Flocken immer mehr. Still fielen sie auf den Boden, die Bäume und Sträucher. Auf Sarahs Haare. Sie streckte die Hand aus und fing ein paar der Flocken auf.

Ich hielt kurz die Luft an. Ich wollte nicht die Wolken meines gefrorenen Atems sehen. Ich wollte diese Haare anschauen, und wie der Schnee sie langsam zu seiner Landschaft machte.

Als wir vom Wald in unser Zimmer kamen, stand das Fenster weit offen. Schnee lag auf dem Boden. »Nein!«, rief ich aus. Die ganze Nacht würden wir nun frieren. Sarah lachte über die Gedankenlosigkeit, mit der wir losgegangen waren.

Ich zog mich rasch um und legte mich ins Bett. Noch war mir warm von der Fahrt, aber die Wärme verließ mich bald. Der Schweiß auf meiner Haut kühlte ab. Ich rollte mich kleinstmöglich zusammen, Arme um die Knie geschlungen, um einen Rest von Wärme einzufangen. Ich betrachtete Sarah, und sie fror wie ich, ein kleiner, zitternder Ball in ihrem Bett, sie war nicht immun.

»Leg dich zu mir«, sagte sie irgendwann.

Es war nichts Unerhörtes. Schwestern schliefen öfters im gleichen Bett. Um sich aufzuwärmen, zu trösten, um die Hoffnungslosigkeit abzutöten. Das sagte ich mir, als ich ihrer Aufforderung nachkam. Sie legte ihren Arm um mich, ich spürte sie in meinem Rücken, in meinem Nacken, meinen Haaren. Sie zitterte, aber ihr Körper war warm. Sie nahm meine Hand. Ich küsste ihre Fingerknöchel. Das Gelenk. Den Unterarm, wo ihre Pulsadern verliefen.

10

Ich war überzeugt: Das war nicht ich gewesen. Ich hatte mich nach unserem Spaziergang im Wald nicht nackt gemacht, damit ihre Hände mit meinem Körper sein konnten. Ich hatte in diesem eiskalten Zimmer nicht ihre Ohren geküsst, meine Zunge nicht ihrer überlassen, nicht hingehalten, als sie nach meinen Haaren griff und dann nach meinem Hals. Ich war nicht mit den Fingern zwischen ihre Oberschenkel gefahren, hatte sie nicht auseinandergeschoben, um ihren Schoß zu berühren. Ich hatte nicht gespürt, wie ihr Körper zu zittern begann, wie die eine Hand sich im Bettlaken verkrallte und die andere mich zu sich zog, bis meine Stirn an ihrer ruhte.

Ich hatte nicht irgendwann aufgehört, die Augen aufgemacht und diesen erstaunten Blick mit ihr geteilt. Mein Kopf an ihrer Schulter, immer noch nackt, schwitzend, ein schneller, schwarzer Schlaf, wie eine Bewusstlosigkeit – nicht ich, weil: Wie könnte ich auch.

Ich, das war die, die mitten in der Nacht wach wurde, die sich verwirrt von diesem anderen Körper löste, in ihre Schuhe stieg, zur Toilette hastete, wo sie sich kaltes Wasser ins Gesicht klatschte und ihrem Spiegelbild sagte: Das muss eine andere gewesen sein. Und die dann zurück in das Zimmer stolperte und sah, wie Sarah ungerührt schlief, dabei sogar zufrieden aussah, sogar, als träumte sie gut. Ich war die, die diese verbliebene Nacht zum Morgen werden ließ und die dann ihren Tag begann, und der Tag unterschied sich kaum von den anderen.

Das war die Geschichte der Scham.

Es gab auch eine ohne.

Ich küsste ihre Unterarme.

Ich küsste ihr Schlüsselbein.

Ich küsste die Stelle zwischen ihren Brüsten.

Ich küsste ihren Mund, an dem mein Blick schon so viele Male hängen geblieben war.

Sie griff nach meinen Haaren. Meinem Hals. Sie sagte in meinen Mund hinein, dass sie nass war. Dass ich sie nass machte.

Ich fuhr mit den Fingern zwischen ihre Oberschenkel und schob sie sachte auseinander. Ich berührte ihre heiße Nässe, es zog in meinem Unterleib, und ich merkte, dass ich selbst nass war. Dass auch sie mich nass machte.

»Was jetzt?«, fragte ich.

»Drin«, sagte sie, »ich mag es drin.«

Ich sah sie an. Ich wollte sehen, was in ihrem Gesicht passierte. Und weil kaum Licht war, weil wir leise sein mussten, wies mir nur ihr Atem den Weg: hier nicht. Oder: genau hier.

Dann rückte ich von ihr ab. Meine Finger waren mir nicht nah genug. Ich schob mich an ihr runter, mein Kopf in ihrem Schoß, um genau anschauen zu können, wie sie aussah, auch wenn fast alles im Schatten meines eigenen Gesichts verschwand. Ich tastete mich mit meiner Zunge vor. Ich wollte sie nicht nur riechen. Ich wollte sie schmecken.

Ich spürte, wie ihr Körper zu zittern begann, sah, wie eine Hand zur Faust wurde, sich im Bettlaken verkrallte und die andere nach mir suchte, unschlüssig, ob sie mich aufhalten sollte, und gleichzeitig fordernd, auf gar keinen Fall aufzuhören, weil mit jeder Berührung mehr und mehr von ihr abfiel, und das ertrug sie fast nicht. Ich machte weiter, fuhr mit den Fingern tiefer in sie, bis aus dem Zittern ein Zucken wurde, dazwischen ein hastiger Griff nach einem Kissen, das sie über ihr Gesicht legte. Den überraschten Laut, der ihr entfuhr, konnte es kaum ersticken.

Ich folgte ihrer Hand, die mich zu sich zog. Wir teilten einen erstaunten Blick. Ich ließ mich von ihr küssen. Ich beobachtete sie, wie sie mit ihrer Zunge ihre Lippen nachfuhr und dabei lächelte …

»Jetzt du«, sagte sie.

Aber ich wollte diesen Moment nicht verlassen. »Bleib einfach so bei mir, ja?«

Mein Kopf an ihrer Schulter, nackt, verschwitzt, ein schneller, tiefer Schlaf kam in dieses Glück, wie eine Bewusstlosigkeit.

Mitten in der Nacht wurde ich wach. Ich löste mich verwirrt von ihrem warmen Körper. Ich stieg in die Schuhe, hastete zur Toilette und klatschte mir kaltes Wasser ins Gesicht. Ich schaute mein Spiegelbild an. Der feine Flaum über meiner Lippe. Die Kerbe darunter. Das eine

Lid, das tiefer hing als das andere. Ich fuhr mit den Fingern meine Knochen nach, die sich unter der Haut abzeichneten; meine Wangen, meinen Kiefer, meine Stirn.

Das war also ich. So sah ich also aus.

Als ich zurück ins Zimmer schlich, schlief sie ungerührt. Da war immer noch eine Kuhle, die ihr Körper formte und in die ich genau hineinpasste. So ließ ich die verbliebene Nacht zum Morgen werden. Einmal nahm ich ihre Hand und küsste sie und staunte über meinen eigenen Geruch an ihren Fingern. Schließlich wachte sie auf. Wir begannen den Tag miteinander.

II

Sechzehn Quadratmeter, zwei Betten, ein Schrank, ein Tisch, ein Stuhl. Ein Hocker, auf dem eine Pflanze stehen sollte, wie es sich für ein Zuhause gehört.

Wir hinterlegten Dinge füreinander. Bücher, Schokolade, eine frisch gepflückte Blume. Kurze Nachrichten, in denen wir uns mitteilten, was wir erlebt hatten. Sie schrieb von einer störrischen Fahrradkette und von ihrer Mutter, die sich während des Telefonats eine Jacke geholt hatte, nur um ihre Tochter dann einfach zu vergessen. Ich schrieb von Bibis letzter Postkarte aus Australien und der Ameisenkolonne in der Toilette.

An den Abenden, die unserer ersten gemeinsamen Nacht folgten, lag ich im Bett, hing mit meinem Blick an diesen Dingen und zehrte von den Schnipseln aus Sarahs Alltag, an denen sie mich teilhaben ließ. Sie brachten mich durch die Nächte, in denen ich alleine war.

Die gemeinsame Zeit in diesem Zimmer:

Ein »Hallo« zur Begrüßung. Die Jacke ausziehen und in den Schrank hängen.

Wichtige Dinge erledigen, bevor wir uns einander zuwenden konnten: zur Toilette, die Klinik abwaschen, wenn schon nicht vom ganzen Körper, dann wenigstens von den Händen, von den Armen und dem Gesicht.

Meine Uniform flicken, die mir am Ärmel gerissen war. Die Übergabe an die Nachtschwester durchgehen, damit ich die Klinik auch in meinem Kopf ablegen konnte.

Irgendwann unterbrochen von ihrer Stimme: »Darf ich?«

»Ja.« Sie kam auf mich zu, legte ihre Hände auf meine Wangen und küsste mich. Wir lachten. Das Lachen fegte den Kopf leer.

Ein Wachbleiben, das in den Schläfen schmerzte, weil der Körper müde war, weil er bei ihr liegen und schlafen wollte. Und ich, die protestierte, die bei Bewusstsein bleiben und alles von ihr mitbekommen wollte.

Schlaf, der mich versenkte wie ein Stein.

Ein Abklopfen nach den Anfängen: »Wer war dein erster Kuss?«

»Ein Mädchen aus meinem Dorf. Zum Dank, weil ich ihr mein Fahrrad geschenkt habe.«

Sie stellte sich hinter mich, als ich zum Fenster hinausblickte. Sie legte ihren Arm um mich, so dass er auf meinem Schlüsselbein lag. Mit dem Daumen streichelte sie meine Schulter. Ich hätte die Augen schließen und so stehen bleiben können, stundenlang.

»Sie war auch mein erstes Mal. Ging alles schief. Als hätten wir oben und unten nicht auseinanderhalten können. Aber –«

»Aber?«

»Es hat sich angefühlt wie zu Hause. Wie zu Hause sein.«

Sie lehnte ihren Kopf an meinen.

»Und du?«

»Ein Mädchen aus der Schule.«

»Auch ein Mädchen?«

»Alle Mädchen haben damals Mädchen geküsst.«

»Das wundert mich nicht.« Sie wanderte langsam meinen Arm entlang. Sie griff mich an der Hüfte und zog mich näher zu sich.

Ein Abstreifen dieser Dinge, wenn unsere gemeinsamen Stunden ausliefen. Wenn der Wecker die letzten Minuten wegtickte, lösten wir uns voneinander. Wir legten die Kleider ab, in denen wir zusammen gewesen waren. Wir kämmten unsere Haare und steckten sie hoch. Wir verließen das Zimmer und klatschten uns kaltes Wasser ins Gesicht.

Wir küssten uns nie zum Abschied.

Es gab auch kühle Stunden. Mittendrin konnte es vom einen zum anderen wechseln. Wir saßen beieinander, sie sagte: »Irgendwann will ich dir zeigen, wo ich aufgewachsen bin. Dir meine Mutter vorstellen. Sie ist ein bisschen wie ein verstimmtes Klavier. Ich glaube, ihr würdet euch verstehen.«

Ich nickte. Dabei wollte ich dieses Zimmer nicht verlassen. Hier war es simpel: Eine kam nachhause, und die andere war schon da. Eine schloss die Tür, und dann war alles, was draußen galt, außer Kraft gesetzt.

Sie stand auf. Sie griff nach ihrem Kissen, ging zum Fenster und schüttelte es aus. Sie zog ihr Laken und ihre Bettdecke glatt, glatter, als sie es sonst je getan hätte. Gleich holt sie noch den Besen, dachte ich. Und das tat sie. Ich atmete tief ein.

Eine Eigenschaft von ihr: Ärger, der zu Ordnung wurde.

Ich wartete, bis alles gefegt war. Bis sie sogar die Bücher von ihrem spärlichen Staub befreit hatte.

Dann blieb sie bei der Tür stehen. Sie wollte gehen. Ich hätte sie gelassen. Das wusste sie.

Sie setzte sich wieder zu mir aufs Bett. Sie öffnete den Mund, schüttelte den Kopf, rückte von mir weg, als ich meine Hand auf ihre Schulter legen wollte. Langsam, ganz langsam kam die Erschöpfung und trieb die Härte aus ihr.

»Sie ist mit dem Fahrrad gestürzt.«

»Wer?« Ihr Profil verriet es mir ohne eine Antwort.

»Wir waren da schon lange nicht mehr ... was auch immer wir waren. Wir haben uns weiterhin geschrieben. Hin und wieder telefoniert, es war ... immer ungefähr zwei Minuten Frieden, und dann hat es geknallt. Sie war wirklich unmöglich. Launisch. Dachte, sie weiß über alles Bescheid. Wir hätten es wahrscheinlich keine zwei Wochen miteinander ausgehalten.«

Ihr gebrochenes Herz. Ich erinnerte mich an die Schnäpse, die wir darauf getrunken hatten.

»Sie war abhängig.«

»Morphium?« Es war eine geläufige Sucht. Die Menschen und ihr Hang zu Opiaten versorgten ganze Städte mit Arbeit, pflegte der Doktor zu sagen, und ganze Friedhöfe mit Toten. Einen solchen Respekt hatte er vor derlei Mitteln, dass er selbst bei den schlimmsten Rückenschmerzen auf alles verzichtete, was ihm Linderung bereiten konnte.

Sarah nickte. »Sie war schon mehrmals in Behandlung gewesen. Ich weiß nicht, ich glaube, mir fehlt etwas, um das richtig zu verstehen. Oder ich verstehe es zu gut. Ich weiß nicht.« Sie griff in die Decke. Ihre Hand verkrallte sich im Stoff. »Sie ist gestürzt. Sie wurde in eine Klinik gebracht. Der Arzt dort kannte sie. Sie haben sie wegen einer Schizophrenie behandelt. Mit den üblichen Methoden. Nicht wegen einer Gehirnerschütterung, dabei ist sie … mit dem Kopf direkt auf den Asphalt geknallt.«

Sie blies ihren Atem zwischen den Lippen durch. Ihre Stimme zitterte. Sie würde weinen, dachte ich. Gleich würde sie weinen. Ich wollte auf keinen Fall, dass sie jetzt weinte.

»Hast du sie gesehen?« Sie sagte nichts, und ich verstand plötzlich. Ich verstand, woher ihr gebrochenes Herz kam.

»Ich kann ihnen nicht einmal eine böse Absicht unterstellen. Ich würde gern, dann wäre es einfacher. Ich glaube, sie haben etwas Krankes gesehen und wollten es therapieren. Und das haben sie gemacht. Bis nichts mehr von ihr übrig geblieben ist.«

Sie schloss die Augen.

»Es ist wegen ihr, dass es anders ist. Dass ich anders bin.« Ich spürte, dass sie etwas mit mir geteilt hatte, das tief unter allem vergraben lag, was ich sonst von ihr wusste. Ich spürte es, und ich fühlte mich besonders, und ich wollte es nicht.

»Du bist stolz auf deine Arbeit. Ich verstehe das. Ich bin es auch. Trotz allem.« Sie wandte mir unvermittelt ihren Blick zu. »Aber es ist nicht so einfach. Die Dinge sind nicht so einfach, wie du sie manchmal gerne hättest.«

Ich nickte. Man musste sie lassen, das wusste ich mittlerweile. Man musste sie lassen, und dann wollte sie von alleine wieder über andere Dinge reden.

12

Es war schon spät, als wir uns beim grünen Haus trafen. Wir waren verabredet, um eine Topfpflanze zu kaufen. Oft hatte Sarah in den vergangenen Wochen auf unseren Hocker geschaut, den Vorwurf in den Augen. »Lass sie mich doch alleine besorgen«, sagte ich dann. Mir war die gemeinsame Zeit zu wenig, immer zu wenig, um sie an einem Ort zu vergeuden, wo ich Sarah nicht berühren durfte.

»Nein. Du und ich. Wir machen das zusammen.«

Wir fuhren zum Bahnhof. Es gab ein Geschäft dort, das nie schloss, das an allen Stunden des Tages Menschen mit Blumen und Pflanzen versorgte.

Sarah fuhr voraus. Der Wind rüttelte an ihren zusammengebundenen Haaren. Sie lagen überall in unserem Zimmer. Sie lagen auch in den Duschen, den Waschbecken und verfingen sich dort im Abfluss. Ich fasste sie gerne an. Ich hatte dann das Gefühl, als wären meine Hände nur dafür gemacht.

Wir schlossen unsere Fahrräder aneinander. Sarah hatte noch nicht gelächelt, auch keinen Blick über ihre Schulter geworfen, wie sie es sonst tat, wenn wir auf den Fahrrädern unterwegs waren und sie vorneweg preschte. Seit sie mir von ihrer Freundin erzählt hatte, war ein Stück von ihr wieder hinter dem bekannten Schweigen verschwunden. Ich durfte nicht nach der Freundin fragen. Nicht nach den Erinnerungen an sie. Nicht nach ihrem Namen.

»Sicher, dass wir hier etwas finden werden?« Von draußen spähte sie ins Geschäft hinein. Sie kannte es also nicht. Sie wusste nicht, dass hier alle vorbeihasteten, bevor sie in den Zügen verschwanden. In die Eimer starrten. Erfolglos versuchten, etwas zusammenzustellen. Ihr Hilferuf an die Verkäufer. *Entschuldigung*, wurde gejapst, *ich hab's eilig, könnten Sie mir nicht* ... und die Verkäufer waren so routiniert, sie fragten nicht nach dem Anlass, das lasen sie schon in den Gesichtern.

»Sicher.« Ich ging hinein, an den Kübeln und zwei Kundinnen vorbei nach hinten, wo die Pflanzen standen. Der Verkäufer nickte mir zu. *Familie,* murmelte er sonst, wenn ich hierherkam. Bevor ich in den Zug stieg, um zu meinen Eltern zu fahren, kaufte ich immer Blumen für sie. Der Verkäufer band mir dann schmale, bescheidene Sträuße. In unregelmäßigen Abständen tat er etwas Leuchtendes dazu, das an Frühling erinnerte, wenn es draußen kein Wetter gab, nur Grau.

»Eine, die nicht allzu viel Sonne braucht«, sagte Sarah. Sie zeigte auf die unterste Reihe der Topfpflanzen.

»Die mit dem Rot in den Blättern?«

»Gute Wahl.« Sie griff nach der Pflanze und brachte sie an die Kasse. Der Verkäufer sah erst zu ihr, dann zu mir, wartete auf mein Nicken und nahm widerwillig unser Geld.

»Was ist mit ihm?«, fragte sie, als wir wieder in der Bahnhofshalle standen.

Ich klärte sie über die Gesetze des Blumengeschäfts auf. Wie wir sie mit unserem Verzicht auf Beratung unterlaufen hatten.

»Du kaufst Blumen für deine Familie?«

»Für meinen Vater eigentlich. Er liebt Blumen. Das würde er aber nie zugeben.« Ich sah es an seinen Augen, wenn ich ihm den Strauß überreichte. Eine heimliche Freude, ein Flackern bloß.

»Er muss ein toller Vater sein, wenn seine Tochter ihm Blumen mitbringt.«

»Er ist ... ein Vater.«

Sarah lachte auf. Statt auf den Ausgang zuzugehen, schlug sie die andere Richtung ein, zu den Gleisen.

»Komm, wir setzen uns noch ein bisschen auf den Bahnsteig.«

Es war nicht mehr viel los. Die letzten Züge fuhren ein und nahmen ihre Passagiere mit. Ich wollte zurück nachhause. Ich brauchte das Draußen nicht. Nicht so wie sie.

»Warum ist deine Schwester weggegangen?«

»Sie ist nicht weggegangen.«

Sarah schnaufte. Ich spürte ihren Ärger. Ich war selbst verärgert. Sie hatte die Fähigkeit, etwas in mir freizulegen, und dieses Etwas hatte keine Kanten, keine Griffe, nichts, an dem ich mich festhalten konnte. Es war das Gegenteil von Geborgenheit, das Gegenteil des stillen Einverständnisses unserer Körper, die einander berührten.

»Sie ist schwierig, meine Schwester. Sie schert sich nicht um ... Grundsätzliches. Regeln. Regeln des Zusammenlebens.«

»Hat es manchmal geknallt bei euch?«

»Es ist etwas eng in der Wohnung. Das ist alles.«

Sie nickte. »Meine Mutter kann auch grausam sein.« Sie scharrte mit dem Fuß auf dem Boden. »Auf ihre Art.«

»Was heißt das?«

»Sie lässt einen hundsalleine. Ohne den Raum dafür zu verlassen. Sitzt noch am gleichen Tisch, aber ist einfach … weg.«

»So wie du.«

Sarah hielt sich die Hand an die Brust, als wäre sie dort von einem Schlag getroffen. Sie sah auf den Boden. Dann wandte sie den Blick der Anzeige zu, die blätterte.

»Von hier aus fahre ich immer zu ihr«, sagte sie.

»Mein Zug geht auch von diesem Gleis.« Er fuhr direkt an den Bahnhof, wo mich Bibi in den ersten Jahren noch abgeholt hatte, Bibi mit meiner Mutter zusammen. Meine Mutter, die ich im Spiegel sah, in meinen Mundwinkeln, meinem Kinn, meinen Wangen. Die sich meine Ausreden anhörte, wenn ich schon wieder einen Besuch absagte, weil jeder freie Tag seit Sarah kostbar geworden war. »Viel zu tun?«, fragte sie dann am Telefon, stieg auf die Lügen ein, statt nachzufragen, was der eigentliche Grund für mein Fernbleiben war.

Meine Mutter, die mir immer noch sagte: »Warte, bis er älter ist. Dann wird er einfacher zu lieben sein.«

Aber es war ja nicht so schwer. Das war es nie gewesen. Nicht einmal die Prügel. Nur das Danach. Wenn er aufhörte und sein Körper in sich zusammenfiel. Immer kamen ihm in dieser Erschöpfung die Tränen. »Verzeih mir … bitte, verzeih mir.« Dann wollte er seine Kinder im Arm halten. Sie durften erst weg, nachdem sie sich umarmen ließen, nachdem sie ihm sagten: »Es ist schon gut. Ist doch schon gut.«

»Es passiert ja mittlerweile nicht mehr.« Ich zuckte mit den Schultern. »Wir hatten es besser als die meisten. Nur meine Schwester, sie … sie hat es nicht zugelassen, dass er sich danach entschuldigt, sie hat dann geschrien, *lass mich, lass mich los,* hat ihre Spiele gespielt, provoziert, sie kann einfach nicht aufhören, sie …«

Ich schüttelte den Kopf. Da war es wieder und lag frei, und ich schlitterte an seiner glatten Fläche entlang. Wozu. Es war alles in Ordnung, solange diese Dinge einfach in uns drinblieben. So lange wurden wir davon verschont, wenn wir zusammen waren.

»Das ist doch nicht ihre Schuld.« Sarah sah mich an. Sie streckte ihre Hand aus und strich mir eine Strähne hinters Ohr, die sich davongemacht hatte. Ich wollte mich verteidigen, ich wollte ihr klarmachen, dass es sehr wohl Bibis Schuld war, aber ihre Geste machte mich sprachlos.

Ihre Hand blieb noch einen Moment in der Luft. Wollte sie mir in den Nacken greifen? Die Hand auf mein Schlüsselbein legen und dort ruhen? Aber dann zog sie sie wieder zurück und strich stattdessen über die Blätter der Pflanze.

Auf dem Bahnsteig gegenüber rannten zwei Frauen auf den Zug. Die eine vorneweg, die andere japsend hinterher. Was, wenn das Sarah und ich wären, dachte ich. Wenn wir beide mit unseren Koffern rannten, weil wir gleich wegfahren würden, woandershin, so, wie sie es sich wünschte.

»Angenommen, wir brächen jetzt zu dir auf«, sagte ich, »wie würden wir dann fahren?«

»Wir würden erst mal auf dieser Bank hier schlafen, man muss sich nämlich früh genug für diese Reise entscheiden. Dann nehmen wir den Zug um Viertel vor sieben. Wir fahren zwei Stunden, steigen um und tuckern noch mal drei Stunden durchs Nirgendwo. Meine Mutter holt uns ab. Sie wird sich dir nicht vorstellen, sondern erst einmal ganz lange schimpfen. Der Himmel kommt dir endlos vor, noch viel endloser als hier. Du denkst dir, jeden Moment muss das Meer auftauchen, aber das tut es nicht. Wir sind einfach irgendwann da.«

»Das gefällt mir.«

Sie legte ihren Kopf auf meine Schulter.

»Mir auch.«

Meret

I

Der erste Weg: zu den Umkleiden. Hinter dem Eingang die Treppe runter, dem feuchten Geruch nach, am Geländer festhalten, ja nicht auf den Stufen ausrutschen. Gefühlt war der Regen immer da, klopfte von draußen ans Gebäude, füllte die drückende Luft im Raum, kroch in die Wände. Auch die anderen, die sich vor uns fertig gemacht hatten, waren noch hier. Ich roch ihren Schweiß. Ich spürte die Wärme ihrer Körper.

Es waren noch ein paar Stunden bis zu Mariannes Eingriff, als ich die Umkleide aufsuchte. Ich wollte mich duschen und mir die Haare wieder richten. Manchmal, in den verlorenen Stunden zwischen Mitternacht und Morgen, saßen hier die Schwestern, die den Abgrund gesehen hatten. Sie kamen nicht weg. Sie dachten, wenn sie nur lange genug sitzen blieben, dann könnten sie den Abgrund hier zurücklassen, ihn zusammen mit ihrer Uniform einfach abstreifen.

Aber nicht heute. Heute war ich alleine. Kein Auf- und Zuschlagen der Spinde, kein Abstreifen der Kleidung, der Schuhe, kein Aufrollen der Strümpfe. Wir prüften sie vor jeder Schicht auf Laufmaschen, auf Flecken. Wir banden uns gegenseitig die Schürzen. Wir überprüften uns gegenseitig die Gesichter. Der Spiegel konnte einen belügen. Eine andere Schwester konnte das nicht.

Ich warf meine Uniform in den dafür vorgesehenen Korb und stieg unter die Dusche. Ich stellte das Wasser so heiß, dass es auf der Haut brannte. Ich dachte daran, dass Sarah jetzt arbeitete, im linken Seitenflügel, dass sie wach war, wie ich, dass ihr Herz schlug, wie meins.

Es gab sie hier nicht. Nicht wirklich. Nur in mir drin. Ich trug sie mit mir durch diese Räume. Aber ich begegnete ihr nie auf diesen Fluren, nie in dieser Umkleide. Ich bemühte mich, dass das so blieb. Trotz der Dienstpläne, die unsere Zeiten in der Klinik sauber voneinander trennten, wähnte ich sie hin und wieder in meiner Nähe. Ich glaubte, ihren schwarzen Haarschopf zu erkennen, eine Spur ihres Geruchs, einen Ausläufer ihrer Stimme. Schnell ging ich dann weiter. Ich hätte nicht einmal gewusst, welcher ihr Spind war. Ich wollte es nicht wissen.

Die Haare. Auskämmen. Hochstecken. Ich suchte nach der kleinen Büchse, wo ich die Klammern aufbewahrte. »Hier«, hatte Sarah gesagt und sie mir nach einer unserer ersten gemeinsamen Nächte in die Hände gedrückt. »Behalte sie. Denk an mich, wenn du sie benutzt.«

Ich öffnete die Büchse. Ein schwarzes Haar wand sich um eine der Klammern. Immer da, wenn ich den Deckel aufklappte. Anfangs war es mir wie ein Andenken vorgekommen, das einzige, was ich aus einem flüchtigen Traum hatte retten können. Aber wieder und wieder hatte ich seither unser Zimmer betreten und Sarah darin vorgefunden.

Sie war da. In diesem Moment glaubte ich, sie würde es immer sein.

Die Haube befestigen. Mich im kleinen Spiegel anschauen, von vorne, von den Seiten, sichergehen, dass alles richtig saß.

Ich klappte die Büchse wieder zu. Marianne brauchte jetzt meine Aufmerksamkeit. Ein neues Leben wartete auf sie. Noch lag es ein Stück von ihr entfernt. Weit war es nicht.

2

Der Doktor wusste nicht, warum es misslang. Erst nach dem Eingriff konnte er damit beginnen, es auseinanderzunehmen und sich so einer Gewissheit anzunähern. Währenddessen war es eine Sekunde, losgetreten von einem Wort, das Marianne gesagt hatte, ein Wort ohne Sinn und Zusammenhang, während sie dabei war, eine Karte zu legen – dann kippte es. Etwas in ihren Augen verlöschte. Wir bekamen es nicht zurück. Ein Abgrund tat sich auf.

Es war fast Nacht, als ich nach dem Eingriff das erste Mal ihre Seite verließ. Eine andere Schwester nahm meinen Platz am Bett ein, damit ich zur Toilette gehen konnte. Auf dem Gang war die übliche, trügerische Ruhe eingekehrt. Der Tag hatte sich schlafen gelegt, und die Nacht, mit ihren eigenen Kapriolen, war noch nicht ganz angebrochen.

Ich stieß die Tür auf und trat ins stille Dunkel. Ich war alleine. Es kam selten jemand her und zum Pinkeln oder gar für ein größeres Geschäft eigentlich nie. Wir hatten uns angewöhnt, es zu halten. Diese Toilette war für andere Dinge gedacht.

Ich ging, ohne Licht zu machen, zum Fenster und öffnete es weit. Mit geschlossenen Augen stützte ich die Arme auf das Fensterbrett und ließ mein Gesicht von der Kühle streicheln. So saß ich für ein paar Atemzüge.

Ich hatte mir Bilder bewahrt, für Momente wie diesen, wenn sich der Abgrund auftat.

Bibi, die mir ein kleines Radio zum Geburtstag schenkt. Sie hat es aus einer Mülltonne gerettet und eigenhändig repariert. Wilm und ich. Wir klauen im Keller der Nachbarn Marmelade, nachdem uns die Eltern für die Nacht aus der Wohnung gesperrt haben. Sarah, die mir ihren Mantel um die Schultern legt. Ihr Geruch, der mich ganz umschließt. Wie ich weiß, es wird gut werden. Es wird alles gut werden.

Da stand ein Stuhl in Mariannes Zimmer, wie in jedem Zimmer. Nach dem Eingriff saß ich dort. Es gab sie und sie allein. Ich war von all meinen anderen Pflichten entbunden worden. Meine Pflicht war es, da zu sein und sie keinen Moment aus den Augen zu lassen. Ich verstand nicht, warum es sich wie eine Bestrafung anfühlte.

Immer wieder zeigte ihr Körper für einen Moment seine Lebendigkeit. Er stöhnte, schwitzte und zuckte. Das waren übliche Nachwirkungen. Das hätte mir Hoffnung geben können, wäre ich leichtgläubig gewesen. Immerhin hielt es mich beschäftigt. Dazwischen lag Marianne lange, viel zu lange einfach da, war weder wach noch schlief sie, und ihre Augen blickten nirgendwohin. In diesen Phasen bei ihr zu sitzen war das Schwerste.

Als die übliche Schicht endete, brachte man mir Äpfel, ein paar Brote und Kaffee. So wurde es Nacht. Abgesehen von dem einen Gang zur Toilette verließ ich das Zimmer nicht.

Marianne war wertvoll. Ich erkannte es nicht nur

daran, dass sie all meine Zeit bekam. Ich sah es an der Sorgfalt des Doktors, mit der er sie an den Händen nahm und mit ihr sprach. Schließlich sah ich es auch an seiner Verzweiflung. Er ließ es sich kaum anmerken. Er schluckte heiser. »Das ist ein Unglück«, sagte er. »Das sollte nicht passieren.« Und dann: »Es gibt Rückschläge. Wir dürfen uns nichts vormachen. Es wird besser und zwischendurch viel, viel schlimmer.« Das war seine Triebfeder: Die Rückschläge werden sich am Ende auszahlen; sie sind der logische Preis des Fortschritts. Er konnte sich an sie halten. Und eigentlich sollte das auch meine Triebfeder sein. Aber als ich die Worte wiederholte, sie leise zu mir selbst sagte, in diesem Zimmer mit Marianne führten sie geradewegs zurück an den Abgrund. Ich verstummte.

Er schrie nicht. Er warf keine Gegenstände um, wie es andere Ärzte taten, wenn ihr Ärger so groß wurde, dass nur ein kurzer Gewaltausbruch sie davon befreien konnte. Der Doktor befolgte das Diktat der Stille genauso gewissenhaft wie wir. Aber ich sah es an seinen verschränkten Armen. Ich sah es an dem Nicken, das sein ständiger Begleiter war. Nickend leuchtete er ihr in die Augen. Nickend sprach er sie an. Nickend sagte er: »Ich komme in dreißig Minuten wieder.«

Wie ich blieb er in dieser Nacht in der Klinik. Er schloss seine Bürotür und verbat sich jede Störung, außer es betraf den Zustand seiner wertvollen Patientin. Vielleicht hatte er die gleiche Fähigkeit wie manche der älteren Schwestern, die sich am Geländer festhielten, die Augen schlossen und ein paar Sekunden schliefen. Vielleicht telefonierte er mit dem Ellerbach und versuchte, ihn auf den Anblick der Tochter vorzubereiten.

Der Vater. Er hatte nicht gewartet. Dabei war das sein Versprechen gewesen. Ich konnte es bezeugen. Die Hand an der Wange seiner Tochter, als er sich verabschiedete. »Wenn du aufwachst, werde ich da sein.«

Da stand ein Stuhl an Mariannes Bett. Wir warteten darauf, dass der Vater kam oder die Mutter oder einer der Brüder, mich bat aufzustehen, um sich an meiner Stelle zu ihr zu setzen.

Wir warteten.

Kurz bevor sie in den Operationssaal gebracht wurde, hatte ich ihr gesagt: »Marianne, du bringst diesen Eingriff hinter dich, und dann spielen wir unsere Partie zu Ende.« Es war wichtig, sich etwas für das Danach aufzuheben. Ich machte das bei allen so.

Während des Eingriffs hatten wir ein anderes Spiel gespielt. Ein einfacheres, bei dem sie nicht in Panik geraten konnte, weil es ihre Möglichkeiten in dem Moment überstieg. Das erste Spiel, das ihr der Bruder beigebracht hatte, der Bruder, der Löcher in seine Anzüge brannte und Gläser fallen ließ und der genauso abwesend blieb wie der Rest der Familie. Nur Blumen schickten sie. Blumen und Karten, die gute Besserung wünschten. Nach und nach füllten sie das Zimmer.

Ich löste jeden Morgen die Nachtschwester ab und verbrachte meine gesamte Schicht in Mariannes Zimmer. Wir waren die meiste Zeit alleine. Der Doktor kam morgens, mittags und nachmittags kurz herein. Er untersuchte Marianne. Er sprach mir Mut zu. Dann ging er wieder und machte die Tür hinter sich zu.

Ich war froh über jede Aufgabe. War dankbar, wenn ich eine zweite Schwester benötigte und sie vielleicht noch einen Moment länger im Zimmer blieb als nötig. Die Stunden, in denen Mariannes Körper nach nichts verlangte, weder Nahrung noch Pflege benötigte – sie blieben eine Prüfung für mich.

Ich las ihr aus den Büchern vor, die sie mitgebracht hatte. Eine Geistergeschichte und ein Buch über Habichte. Ich konnte es vor mir sehen: Marianne, die sich gern gruselte. Marianne, die Greifvögel liebte, die stundenlang ausharrte, um sie beim Jagen zu erwischen. Diese Marianne hatte nichts gemein mit der Frau, die jetzt in diesem Bett lag.

Zwischen den Buchseiten fand ich Fotos. Ich hielt sie ihr dicht vor die Augen. Eins zeigte sie mit ihren Brüdern, sie waren alle noch Kinder. Eins zeigte sie mit einer anderen Frau, beide lachend, man erkannte vor lauter Lachen kaum die Gesichter. Ihre Zimmernachbarin? In der Stille des Zimmers verstieg ich mich zu Spekulationen.

Ich gab ihr alles in die Hände, auch das Kartenspiel. Ich leitete ihre Finger an, die Oberfläche ihrer Besitztümer zu erfühlen. Die Haut musste sich erinnern. Die Haut erinnert sich immer.

Jede Schicht schloss ich mit einem Besuch im Büro des Doktors ab. Ich berichtete ihm von den Stunden an Mariannes Bett. Ich wiederholte, was ich der Nachtschwester zur Übergabe gesagt hatte.

Er hörte mir zu. Er machte sich Notizen. Aber er selbst war nicht anwesend. »Sie können jetzt gehen.« So verabschiedete er sich jeden Abend, meist ohne von seinen Notizen aufzusehen. Nur einmal legte er den Stift ab, als ich schon stand. Er faltete die Hände. »Fahren Sie zu ihrer Zimmernachbarin?«

Mir wurde sofort heiß. »Meine Zimmernachbarin?«

»Ja. Sie teilen sich doch Ihr Zimmer, nicht?«

Ich nickte. Er hatte mich noch nie nach dem Wohnheim gefragt.

»Sagen Sie ihr, sie soll ein Auge auf Sie haben.«

Er sah wieder auf seine Notizen.

»Das ist alles.«

Ich drehte mich um und ging aus seinem Büro. Ich schloss die Tür hinter mir. Auf der Treppe zur Umkleide musste ich mich kurz am Geländer festhalten. Fast wären meine Füße schneller gewesen als ich.

Marianne hätte sein Schlüssel sein sollen, sagte eine der älteren Schwestern.

Schlüssel zu was?

Zu Geld. Von anderen reichen Familien, die Heilung für ihre Problemfälle suchten. Und ihm damit mehr Forschung und mehr Ansehen ermöglichten.

»Nein«, sagte ich, »darum geht es doch nicht.«

Sie nickte. Sie legte mir ihre Hand auf die Schulter. Ich hasste das an den älteren Schwestern. Ihre Erfahrung, die sie als Wissen verbuchten, ihre Überheblichkeit jemandem wie mir gegenüber, die noch an etwas glaubte. Das war ich ja: eine, die an etwas glaubte.

3

Ich wusste, sie war da. Sie bemühte sich, leise zu sein, aber ein Körper, der einen anderen kennt, spürt seine Anwesenheit, auch im Schlaf. Ich schlug die Augen auf. Es war noch dämmrig draußen. Das Licht in diesen Junitagen war unerschöpflich.

»Sarah.«

Sie sah zu mir. Sie legte ab, was sie eben in die Hand genommen hatte. »Hallo«, sagte sie leise. »Ich wollte dich nicht stören. Du warst ganz weit weg.«

»Du darfst mich nicht schlafen lassen.« Ärger stieg in mir hoch. »Wenn du hier bist, dann darfst du mich nicht schlafen lassen.« Du darfst nicht zulassen, dass ich all diese Stunden mit dir verpasse.

»Was hast du?«

Ich spürte die Tränen erst, als sie ins Kopfkissen sickerten. Ich wischte mir schnell übers Gesicht.

Sarah kam und setzte sich zu mir ans Bett. Sie ignorierte es, dass ich sie mit der Hand abzuwehren versuchte. Sie kannte meinen Körper ja genauso wie ich ihren, sie sah, dass ich sie brauchte. Sie vergrub ihre Finger in meinen Haaren.

»Sagst du mir, was passiert ist?«

Ich brauchte einen Moment. Ich drückte mein Gesicht ins Kissen. Dann kam es aus mir heraus.

Der Eingriff. Das zusammenhangslose Wort. Der Abgrund. Das Zimmer, das ich nicht verlassen durfte. Die Blumen. Sarah hörte zu. Sie nickte. Es gab Pausen, in denen ich dachte, alles gesagt zu haben.

»Du warst nur in diesem Zimmer die letzten Tage?«

»Ja.«

»Und ihr ging es davor gut?«

»Nein, natürlich nicht ...« Wieder kam ein Schwall. Ich versuchte Mariannes Wut zu beschreiben. Der lautlose Knall in ihrem Körper. Die Flut, die genauso verlässlich kam wie die Ebbe. Ich erzählte von anderen Patientinnen, von der Hoffnung und dem Frieden, wenn sie nach dem Eingriff die Augen öffneten.

Sarah wartete, bis auch die letzten Wörter draußen waren.

»Erinnerst du dich daran, was ich dir erzählt habe?«, fragte sie. »Über meine Freundin?«

»Ja.«

Wieder nickte sie. Obwohl sie mich noch berührte, schien sich in diesem Moment etwas in ihr von mir wegzubewegen. Ich spürte eine dumpfe Irritation.

»Du kannst schon sehen ...« Sie zog die Hand aus meinen Haaren und fuhr sich über die Stirn, »dass das, was mit deiner Patientin passiert ist, nicht einfach nur ein Unglück ist. Dass es da vielleicht ein grundsätzlicheres Problem gibt. Mit der Art der Behandlung.«

Da war es wieder. Sie konnte es nicht lassen. Ich schloss die Augen. Ein plötzlicher Ärger über sie schwoll in mir an.

»Ich bin müde«, sagte ich.

»Also gut.« Sie rückte ein Stück von mir ab, stand aber nicht auf. Ich konnte hören, wie sie nach den richtigen Worten suchte, mehrmals ansetzte, den Kopf schüttelte, es von Neuem probierte.

»Ich kenne mich mit diesen Eingriffen nicht so aus wie du«, sagte sie schließlich, »deshalb muss ich von dir wissen, ob ... und sei ehrlich mit dir selbst, ob es diesen Menschen danach wirklich besser geht?«

Ich schlug die Augen wieder auf. »Ja«, sagte ich. Ihr Blick war unnachgiebig. Die Falten, die sich über ihre Stirn zogen. Der Mund, der gleich weiter ausholen würde. So schnell konnte die Zärtlichkeit aus ihrem Gesicht verschwinden.

»Immer?«

Ich setzte mich im Bett auf. Sie würde mich nicht schlafen lassen. »Seit wann gibt es *immer* in unserem Beruf?«

»Du kannst bezeugen, dass deine Patienten danach ein besseres Leben führen?«

»Was fragst du mich?«

Etwas an ihr wurde ganz steif. Schwer kam mir ihr Körper plötzlich vor, wie er da auf meinem Bett saß. Ein Gewicht, das auch mich tiefer in die Matratze drückte.

»Ich habe den Eindruck, dass diese Eingriffe Schaden anrichten. Ich bin nicht die Einzige. Ich habe gelesen, dass Menschen damit ruhiggestellt werden. Frauen vor allem. Dass man Ihnen etwas von ihrem ... *Ich* nimmt.«

»Nein«, sagte ich, »das ist nicht wahr. Das mag früher so gewesen sein. In der psychiatrischen Anstalt, vor ...

Jahren. Das hat mit dem, was wir tun, überhaupt nichts mehr zu tun. Wir stellen niemanden ruhig. Was heißt das überhaupt, etwas vom *Ich* nehmen? Wo liest du so einen Unsinn?«

Sie stand auf und ging zum Fenster. Mit beiden Händen stützte sie sich am Rahmen ab, senkte den Kopf zwischen die Arme und nahm ein paar tiefe Atemzüge. Ihre Schulterblätter. Ich kannte sie so gut. Hart traten sie aus ihrem Rücken hervor.

»Ich glaube nicht alles, was jemand sagt, nur weil er über mir steht.«

Der Ärger über sie wurde größer. Ärger darüber, dass sie nicht verstehen wollte, was wir in dieser Klinik vollbrachten. Ärger über die vielen Male, in denen ich mit ihr hatte darüber reden wollen und abgewimmelt worden war.

»Es stimmt, du kennst dich mit unserem Eingriff nicht aus. Wie könntest du auch? Es ist ja gar nicht möglich, mit dir darüber zu sprechen. Weißt du eigentlich, wie es diesen Menschen davor ging? Die waren … in Anstalten. In Gefängnissen. Haben sich in ausweglose Situationen gebracht, wie die Frauen auf deiner Station. Waren süchtig, wie deine Freundin. Ihr hätten wir auch helfen können.«

Sie schlug mit der Hand gegen den Fensterrahmen. Ein kräftiger Schlag. Ich verstummte.

»Helfen?« Sie drehte sich zu mir um. Ihr Kiefer zitterte. »Dass man ihr geholfen hat, hat sie umgebracht!«

Ich stellte die Füße auf den kalten Boden. Würde sie einen Schuh werfen? Mich gar ohrfeigen? Aber sie drehte sich nur wieder zum Fenster und zeigte mir ihren Rücken. Sie entzog sich mir. Das beherrschte sie bestens.

»Merkst du es nicht?«, sagte ich. »Du siehst nur sie. Ich erzähle dir von meiner Arbeit, von meiner Patientin, und du siehst sie. Es ist vollkommen egal, was in der Medizin Gutes passiert. Du siehst nur sie.«

»Und du siehst nur irgendeine … Hoffnung.« Ihre Stimme wurde wieder ruhiger. Die Hoffnung, meine Hoffnung, die sie in mir erkannte, schien sie zu besänftigen. Sie legte die Hand an die Scheibe. »Du siehst nicht, was wir darin für eine Rolle spielen. Als hätte das, was wir miteinander teilen, wir beide, du und ich … damit nichts zu tun.«

»Das hat es auch nicht. Das ist dein Schmerz, der dich so was denken lässt.« Er infizierte alles. Er saß in ihren Augen, ihren Worten, in diesem Zimmer. Ich spürte einen heftigen Überdruss. »Das ist nicht mein Schmerz.«

»Natürlich ist er das.« Sie klopfte mit den Fingerkuppen an die Scheibe. »Der gehört uns allen.«

Aufstehen, dachte ich, *aufstehen und gehen. Erst zurückkehren, wenn sie bereit ist, über etwas anderes zu reden.* Anders war dem nicht beizukommen. Ich stieg in meine Hausschuhe.

»Es werden also psychische Störungen therapiert.« Sie nickte für sich. »Das habe ich ja verstanden. Dann wäre es doch nur logisch, dass sie das eines Tages auch mit mir machen.«

»Sarah, bitte.« Die Müdigkeit packte mich kalt im Nacken. Ich brauchte frische Luft.

»Würden sie das nicht über uns beide sagen? Dass das eine psychische Störung ist?«

»Sie sagen gar nichts über uns.« Ich sah den Doktor vor mir. Seine gefalteten Hände. Seine Frage nach meiner Zimmernachbarin. Die Hitze unter meiner Haut. Er wusste von nichts.

»Kriegst du Kaffee serviert in seinem Büro?« Sie blickte zu mir. »Sagt er dir, dass du was Besonderes bist, dein Doktor? Das möchtest du doch gerne sein, oder? Etwas Besonderes?«

Sie schüttelte den Kopf. »Du bist aber nicht anders als wir, weißt du das? Du spielst sein Spiel mit. Es bleiben seine Regeln.« Sie drehte sich zu mir um und legte die Hand auf ihre Brust. »Du bist genauso wie ich.« Für einen Augenblick glaubte ich, dass sie zu weinen anfinge. »Denk mal nach. Streich einmal deine Hoffnung raus und dann schau, was noch übrig ist.«

Aufstehen und gehen. Ich musste nach draußen, sonst würde das hier kein Ende nehmen. Ich stand auf und wollte zur Tür, aber Sarah war schneller. In einer ruckartigen Bewegung kam sie auf mich zu und packte mich am Arm. Ich merkte, wie meine Haut aufschrie. Sie erinnerte sich an das stille Einverständnis unserer Körper, sie wollte nicht gehen.

»Meine Freundin mag vielleicht süchtig gewesen sein, aber das ist das Einzige, was uns von ihr trennt. Das Einzige.«

Ich hielt ihrem Blick stand. »Du kannst deinen Schmerz behalten«, sagte ich, »ich will ihn nicht haben.«

»Du kannst so dumm sein, Meret.«

Ich löste meinen Arm aus ihrem Griff. »Ich muss gehen«, sagte ich. Ich sagte nicht: Ich weiß, dass ich dumm sein kann. So dumm, ich würde mich selbst prügeln, wenn ich könnte.

»Dann bitte. Ich halte dich nicht auf.« Sie machte einen Schritt zur Seite, damit ich an ihr vorbeigehen konnte. Alle Anspannung schien in dem Moment von ihr zu fallen. Ihr Körper wurde weich. Wie nach einem Kampf wurde er weich und gab sich seiner Erschöpfung hin. Und ich ging, obwohl ich stehen bleiben und sie in meine Arme nehmen wollte. Ich ging, obwohl meine Haut weiterschrie, schrie, als ich die Tür schloss, schrie, als ich unten ins Freie trat.

4

»Hallo?«, sagte ich in den Hörer, und am anderen Ende der Leitung knackste es. »Hallo!«, sagte ich noch einmal lauter.

»Ich bin's«, kam es durch das Knacksen durch, »Bibi.« Niemand sonst meldete sich so am Telefon. Sie tat es bei allen, die sie anrief. Wie oft hatten wir versucht, es ihr auszutreiben, »Hier spricht Bibiana« runtergebetet, »Bibiana am Apparat, meinetwegen«, »sag doch zumindest: Bibi hier«, keine Chance.

Ich umklammerte den Hörer.

»Meret. Hast du meine letzte Karte bekommen?«

»Aus Amerika?«

»Ja, toll, oder?«

»Und bist du in Amerika?«

»Bist du wahnsinnig, wie sollte ich denn dahin kommen? Ich müsste mir einen Platz an der Reling buchen und im Flieger …«

Im Flieger würdest du vor lauter Angst zusammenbrechen. Nur vergaß ich das immer. Bibi in meinem Kopf war unzerstörbar, niemand, den so etwas wie ein Flugzeug ängstigen konnte, niemand, dem Wellengang den Magen umkehren konnte.

»Wie geht es dir?«

»Gut.«

»Das würde ich bis nach Amerika hören, dass es dir nicht gut geht.«

»Unsinn.«

»Na dann.«

»Sag mir lieber, wie es dir geht.«

»Mir geht es tatsächlich gut. Ich bin gerade dabei, ein Café zu eröffnen. Mit Freunden.«

»Freunden?«

Sie stöhnte. Kurz knackte es wieder in der Leitung, »Bibi!«, rief ich hinein, die Angst kam plötzlich über mich, dass der Anruf abbrechen würde. Aber sie schien mein Rufen nicht zu hören.

»Es ist ... eine Bruchbude. Oder es war eine Bruchbude. Das Gröbste ist gemacht. Wir haben sogar schon eine Schanklizenz. Dabei steht noch nicht mal ein Zapfhahn bereit. Oder ein Wasseranschluss.«

»Wo wohnst du?«

»Wie, wo wohne ich? Auf der Straße natürlich, so eine blöde Frage.«

»Ich meine es ernst.«

»Ich wohne in einem Haus, wie die meisten Menschen. Was ist denn mit dir?«

»Ich habe seit Monaten deine Stimme nicht gehört. Ich dachte, vielleicht meldest du dich gar nicht mehr.«

Es war still am anderen Ende der Leitung. »Ja«, sagte sie dann kleinlaut, »das tut mir auch leid.«

Wenn mich ihr Schweigen verfolgte, bildete ich mir ein, dass sie sich schämte. Sie schämte sich, und deswegen rief sie nie an. Ich sah sie vor mir, wie sie den Hörer in der Hand hielt, aber es nicht über sich brachte, eine unserer Nummern zu wählen. Weil sie nicht wusste, wo anfangen. Wo anfangen, damit es zwischen ihr und uns gut wurde.

»Brauchst du Geld?«

»Ich verdiene Geld.«

»Womit?«

Sie schnaufte. Jetzt wurde ich still. Eigentlich wusste ich ja, dass es nicht ihre Scham war, die sie bei einem Anruf fürchtete.

»Erzähl von eurem Café.«

»Es ist in einem Eckhaus. Es war früher ein … also es scheint, als ob da früher Sanitäranlagen verkauft wurden, weil als wir den Laden das erste Mal gesehen haben, lagen da fünf Kloschüsseln und zwei Badewannen, stell dir vor, und der Staub, meterweise Staub, ich übertreibe nicht, und Schutt und … man weiß immer nicht, was die Orte für Geschichten haben, oder? Schaudert es dich nicht auch manchmal, wenn du dran denkst, was in der Klinik früher alles passiert ist?«

»Ja, bestimmt … Und weiter?« Bleib dran, dachte ich, von mir aus atme, wenn du nicht reden willst. Du kannst auch einfach nur in den Hörer atmen. Ich schluckte meine stumme Bitte runter.

»Morgen fangen wir an, den Tresen zu bauen. Ich hab ihn entworfen.«

»Das ist schön, Bibi. Es wird bestimmt der beste Tresen im Ort.« Ich weiß, wie gut dein Auge ist. Wie genau du bist. Ich bin deine Schwester, ich kenne dich.

»Ich muss gleich los.«

»Nein. Geh noch nicht.«

»Ich ruf dich bald wieder an. Aber du musst mir versprechen, dass du dann sagst, wie es dir wirklich geht.«

»Das Telefon steht hier im Gang.«

Sie lachte laut auf. »Ja na und, du bist doch ein Mensch, oder darf das in diesem Haus niemand wissen? Wo wohnst *du* eigentlich?«

»Bibi.«

»Ja?«

»Ich vermisse dich.«

»Ich gebe dir eine Nummer. Das nächste Mal, wenn ich dich anrufe. Ich gebe dir eine Nummer, unter der du mich erreichen kannst.«

»Das wäre ...«

»Aber du darfst sie nicht weitergeben. Nicht wie beim letzten Mal. Du musst schwören, dass du sie für dich behältst.«

»Ich schwöre.«

Hielt sie den Hörer auch umklammert, wie ich? Oder war meine Stimme weniger wert, weil ich nirgendwohin ging, weil meine Nummer immer dieselbe blieb?

»Mach's gut.«

»Du auch.«

Ich blieb noch stehen, das Tuten im Ohr. Erst nach einer Weile schaffte ich es, den Hörer aufzuhängen. Ich betrachtete meine Hände. Ich wusste kurz nicht, wozu es sie gab.

Zwölf Tage hatte ich gewartet, aber Mariannes Augen waren leer geblieben. Sie war am Vortag verlegt worden.

Man gab mir nur ein paar Minuten, um mich von ihr zu verabschieden. Ich packte ihren Koffer und übergab ihn den beiden Pflegern, die sie mitnahmen.

Danach bezog ich das Bett für die nächste Patientin. Ich scheuerte den Boden. Ich nahm die Blumen und verteilte sie in Zimmern, wo keine standen. Ich brauche mich nicht zu beeilen, sagten die älteren Schwestern. Natürlich war ich trotzdem in der Zeit fertig, die mein innerer Zeiger mir diktierte. Er funktionierte immer noch.

Auch das Zimmer von Sarah und mir war jetzt leer. Sie hatte mir eine Nachricht geschrieben, dass sie wieder häufiger zu ihrer Mutter fahren würde und nicht wusste, wann wir uns das nächste Mal sähen. Das war das Einzige, was sie für mich hinterließ. Keine Bücher, keine frisch gepflückten Blumen, keine Unordnung. Nicht einmal ihre Haare hatte ich in den letzten Tagen finden können.

Ich schlug morgens die Augen auf, und für einen Moment, weniger als eine Sekunde, war sie noch bei mir. Ich atmete ihren Geruch und spürte die Wärme, mit der sie den Raum füllte. Dann kam die Gewissheit: Sie hasste mich. Alle Wärme war aus ihren Augen gewichen, bevor sie mir gesagt hatte: »Du kannst so dumm sein!«

Die Gewissheit sank wie ein Stein. Ich stand auf und ging zur Toilette, ich erleichterte mich, ich wusch mir das Gesicht, ich trank meinen Kaffee, ich aß den Hafer, ich stieg auf mein Fahrrad, ich fuhr los, es ging automatisch, mein Körper tat, ich musste nicht denken.

5

Nicht lange nachdem sie Marianne verlegt hatten, sah ich die Ellerbachs auf der Titelseite einer Tageszeitung. Eine der älteren Schwestern las am Frühstückstisch darin. Ich bat sie, den Bericht für mich zur Seite zu legen.

Es waren wieder zwei neue Patientinnen gekommen, zwei neue Eingriffe wurden durchgeführt, die ohne Komplikationen verliefen. Ich dachte nach wie vor an Marianne. Der Doktor sagte, man habe einen schönen Ort für sie ausgesucht, und ich glaubte es ihm, ich glaubte, dass es in diesem Pflegeheim die besten Betten und besten Kissen gab, eine Aussicht, dass es Zeit gab, mehr, als man anderen Hoffnungslosen zugestand. Aber dennoch hatte ich Bilder im Kopf: der Koffer, die Karten, der Stuhl für die Besuchenden. Alles war unberührt. Diese Bilder lauerten mir auf in den wenigen Momenten, wenn ich mir meiner selbst wieder sicher fühlte.

Der Doktor und ich sprachen viel. Er rief mich zu sich ins Büro, wo wir den Eingriff an Marianne durchgingen. Das tat er nicht für sich. Es war ihm wichtig, dass ich wieder Zuversicht entwickelte.

Bei einem dieser Male im Büro sprach der Doktor mich auf Bibi an. »Wissen Sie, wo Ihre Schwester gerade unterwegs ist?« In mir drin zog sich etwas zusammen. Die wenigen Worte, die Bibi und ich am Telefon gewechselt hatten, die Postkarte, die wenig später bei mir eintraf, mit einer Telefonnummer auf der Rückseite – das war nur für mich bestimmt, so hatte sie es mir angetragen. Also sagte ich: »Ich habe schon lange nicht mehr von ihr gehört.« »Jetzt fürchten Sie, dass ihr etwas zugestoßen ist.« Er sagte es mit einer solchen Überzeugung, ich musste lachen. Irritiert blickte er mich an. »Verzeihen Sie«, stammelte ich, »es ist nur ...«

Es ist nur, dass alle, mich eingeschlossen, immer glaubten, Bibi würde das Schlimmste zustoßen, Bibi würde vom Leben noch gestraft werden, weil, wie könnte es anders sein, was handelte man sich mit so einem Verhalten denn sonst ein?

Glück, sagte etwas in meinem Kopf, und wieder musste ich lachen, weil es absurd war, noch absurder als der Doktor, der vom Schlimmsten ausging.

Ich hatte Bibis Stimme im Ohr, ihre glückliche Stimme, die mir vom Café erzählte, das sie mit ihren Freunden eröffnen würde. Und ich spürte den Hörer in der Hand, wie ich ihn umklammert hatte, als hinge mein Leben dran.

»Was ist, wenn es nicht stimmt?«, fragte ich den Doktor.

»Wenn was nicht stimmt?«

»Dass man bestraft wird für gewisse Dinge.«

»Wie kommen Sie darauf?«

»Meine Schwester, sie ...« Nein, dachte ich plötzlich. Bibi gehört nicht hierher. Es gab einen Platz in mir drin, der war nur für sie bestimmt. Warum hatte ich den Doktor dort hereingelassen? In Gedanken strich ich meine Schwester aus diesem Gespräch. Ich strich sie aus allen

Gesprächen, in denen ich sie in diesem Büro je erwähnt hatte. »Lassen Sie uns nicht weiter drüber sprechen.«

»Sie finden, Bibiana gehört gestraft?« Kurz schien sich der Boden zu bewegen, als er ihren Namen sagte. Er hatte ihn sich beim ersten Nennen gemerkt und nie mehr vergessen.

»Natürlich nicht, Sie verstehen mich falsch.«

Der Doktor lehnte sich in seinem Stuhl zurück. »Ich glaube nicht an Strafe«, sagte er, und ich beneidete ihn in dem Moment, denn natürlich glaubte er nicht an Strafe. Er hatte seine Gewissheiten, er konnte sich an sie halten, und wenn sie zerbrachen, formte er sich neue. »Aber manches zieht Strafe nach sich, machen wir uns nichts vor. Menschen werden für ihr Aussehen gestraft, ihre Krankheiten, das hat mit Schuld nichts zu tun. Sie und ich, wir haben unseren Teil daran, Menschen vor Strafe zu bewahren.« Er räusperte sich. »Das ist groß gesagt, ich weiß. Es gibt so vieles, was für den Eingriff spricht, und ich sehe das als einen Teil davon.«

»Menschen vor Strafe zu bewahren?«

»Was glauben Sie, was passiert, wenn es wieder so wird wie damals? Sagen wir, es wird nur eine Spur so schlimm. Das genügt schon. Die und die dürfen leben, heißt es dann. Die und die nicht. Sie und ich, wir beide wissen ganz genau, dass das jederzeit eine Möglichkeit ist. Die Dinge sind … brüchig. Das habe ich gelernt in meinem Leben.«

Ich sagte nichts. Ich nickte, um das Gespräch auslaufen zu lassen. Er war müde, blickte immer wieder auf das Telefon. Ein wichtiger Anruf wartete, seine jüngste

Tochter wahrscheinlich, die ihn noch bedingungslos liebte. Es war nicht wie bei anderen Malen, wenn er einfach weiterredete, sich an seine Worte klammerte, weil sie Sinn stifteten.

»Es ist gut, dass Sie zweifeln.«

»Zweifeln?«

»Und Fragen stellen. Deshalb habe ich Sie ja ausgesucht. Es braucht einen gewissen Blick, denke ich, ein Gefühl dafür, was es heißt, etwas in sich zu tragen, was da nicht hingehört.«

Er fuhr sich über die Stirn. »Meine Jüngste wird jeden Moment anrufen. Sie können jetzt gehen. Lassen Sie uns ein anderes Mal weitersprechen.«

An diesem Abend saß ich im Zimmer auf meinem Bett und las den Bericht in der Zeitung. Es ging um eine neue Geschäftsstelle, welche die Ellerbachs eröffnen wollten. Der älteste Sohn sollte ihr vorstehen. Es war ein Foto abgedruckt, das ihn alleine zeigte, ein stolzer Mann. Daneben ein Foto der Familie, eins, das ich schon öfters in der Zeitung gesehen hatte.

Marianne fehlte. Neben ihrem Bruder, wo sie eigentlich stand, war sie nicht mehr. Ich inspizierte das Bild ganz genau. Ich suchte den Hintergrund nach Unebenheiten ab. Ich fuhr mit dem Fingernagel die Schulter des Bruders lang, da, wo sonst Mariannes Schulter andockte. Wo waren die Spuren davon, dass man sie aus dem Bild geschnitten hatte?

Es war ein fast perfektes Fehlen. Nur dem Fenster, das ihr Kopf abgedeckt hatte, fehlte ein winziges Stück.

»Ha!«, rief ich aus, als ich das entdeckte. Heiß durchflutete mich die Erleichterung. Und dann zerknüllte ich die Zeitung. Ich versenkte meine Zähne im Papier.

6

Ich wartete auf sie. Es war mein freier Tag, und ich lag im Bett und wartete auf sie. Mein Herz schlug schneller, wenn Schritte sich der Tür näherten, dabei hätte ich sie ja erkannt, hätte sie aus allen Schritten, die diese Flure auf und ab gingen, herausgehört.

Es war ein vergebliches Warten. Sie musste wissen, dass ich da war. Sie mied mich.

Es war wie am Anfang: Ich hielt mich an den Dingen fest, die sie hinterließ. Ich strich über ihre Bettdecke. Ich öffnete die Schranktür und sah ihre Kleider an. Ich schlug ihre Bücher auf, da, wo die Eselsohren waren, und las, was sie zuletzt gelesen hatte.

Ich tat auch Dinge, die ich mich in diesen ersten Wochen nicht getraut hätte. Ich stieg in ihr gemachtes Bett und deckte mich mit ihrer Decke zu. Ich schloss die Augen und stellte mir vor, wie sie ihre Hand an meine Wange legte, mit ihren Fingern in meinem Nacken spielte und mich küsste. Ihre Berührungen waren noch überall. Das Gefühl, nur Körper zu sein, der greifen und spüren will, das hatte sie in mir zurückgelassen.

Ich zog ihre Kleider aus dem Schrank und vergrub meine Nase darin. Ich roch ihren Schweiß.

Ich wollte, dass sie wiederkam, dass ihre Unordnung zurückkehrte. Ich hätte alles dafür gegeben.

Ich wollte es richtigstellen. Der Eingriff hatte nichts mit ihrer Freundin zu tun. *Ich* hatte nichts mit dem zu tun, was mit ihrer Freundin passiert war. Ihre Geschichte hatte sie halb blind gemacht. Es musste doch möglich sein, dass sie das verstand.

Aber ich erinnerte mich auch an die Zeit vor ihr. An das verlässliche Verstreichen der Wochen und Monate. An meine Stärke. Ich, die ich war, bevor Sarah in dieses Zimmer kam. Bevor sie mein Leben zerwühlte.

Sie soll besser wegbleiben, dachte ich. Ihr Geruch soll aus diesem Zimmer verschwinden. Sie soll gehen und ihre Erschütterungen mitnehmen.

Ich hatte meine Arbeit. Ich hatte die Tage, in ihrer gewohnten Form. Ich würde bald meine Familie besuchen, dort eine Tochter sein, eine Schwester, das gelang mir doch so gut. Ich hatte die Koffer. Die blaue Schachtel. Die Ziehharmonika. Das Daumenkino. Bibis Kinderbuch. Die Karten. Die Stiche aushalten. Wenn es gar nicht mehr anders ging, dann zählen, einfach zählen, durch die Stiche, die Zweifel, die Verwirrung, bis es vorüberging. Es ging immer vorüber.

7

In den frühen Morgenstunden klingelte im Haus das Telefon. Ob ich kommen könne, fragte die Stimme am anderen Ende der Leitung. Eine Schwester auf meiner Station sei von einer plötzlichen Grippe niedergestreckt worden.

Es war eine tote Zeit im Haus. Alle schliefen oder waren bei der Arbeit. Kein Kaffee, kein Haferbrei stand bereit. Ich tat ein bisschen Pulver in eine Tasse, goss es mit heißem Wasser auf, trank, würgte ein paar Bröckchen wieder hoch. Steckte mir einen Apfel in den Mund und radelte los.

Ich sah sie ein paar hundert Meter von der Klinik entfernt. Sie war gestolpert. Ein großer Sack lag vor ihr auf dem Boden.

»Kann ich Ihnen helfen?« Ich hielt an.

»Nein.« Sie wehrte mit der Hand ab, ohne den Blick an mich zu richten, »ich brauche keine Hilfe.«

»Sicher?«

Jetzt sah die Frau zu mir hoch. Es war fast unmöglich, in der Dämmerung ihr Gesicht zu lesen. Trotzdem erkannte ich etwas Vertrautes. Ich durchforstete mein Gedächtnis danach, was es war.

»Ja.« Sie hatte sich wieder aufgerichtet. Sie klopfte sich den Dreck von ihrer Kleidung. Eine Schwester war sie nicht.

»Wo wollen Sie denn hin um diese Zeit?«

Sie roch. Nicht nach Verwahrlosung, nicht nach ungewaschener Haut. Aber sie roch.

»Ich kenne Ihre Stimme«, sagte sie. Sie hob den Sack vom Boden und schulterte ihn. »Sie waren bei mir, als sie mich hier oben richtig gemacht haben.« Sie tippte sich an die Stirn.

Ein Pass. Ich erinnerte mich an einen Pass.

»Du heißt Vera.«

»Ja.« Sie lächelte. Ein kurzes Lächeln, das gegen die Dämmerung gewann und dann gleich wieder verschwand.

Ich stieg ab. Eine Minute, dachte ich. Eine Minute können sie in der Klinik auch auf mich warten.

»Darf ich dich ein Stück begleiten?«

»Das ist nicht nötig, danke.« Sie wandte sich von mir ab.

»Ich würde gerne.«

Sie hielt inne. Kurz schien sie ins Wanken zu geraten. Ich wollte auf sie zuspringen, ihr helfen, aber etwas hielt mich zurück. »Also gut.« Sie setzte ihren Weg fort, sicher auf den Beinen.

»Ich heiße Meret. Weißt du das noch?«

»Nein.«

Ich ging neben ihr her. »Wir haben ein Buch zusammen gelesen«, sagte sie, »das weiß ich noch.« Sie verschwand fast unter dem großen Sack, den sie trug.

»Ist das nicht zu schwer für dich?«

»Nein.«

Sie roch nach Seife. Nicht nach der Seife, mit der wir

uns wuschen. Nach der Seife, die für Erbrochenes, Eiter und Blut gemacht war.

»Arbeitest du in der Wäscherei?«

»Ja.« Sie klopfte auf den Wäschesack. »Der ist vom Transporter gefallen. Frische Laken. Oder Uniformen. Wie deine.«

Sie ging ganz gleichmäßig, unbeeindruckt vom Gewicht auf ihrer Schulter.

»Magst du die Arbeit?«

»Wie meinst du das?«

»Ob es dir gefällt. In der Wäscherei.« Die Frage hallte in meinem Kopf wider.

»Ich kriege einen Schlafplatz.« Sie wurde schneller, einen halben Schritt schneller als ich. »Und zu essen.«

»Kriegst du einen Lohn?«

»Ja, sagte ich doch: einen Schlafplatz und zu essen.«

Sie war kriminell gewesen. Das hatte der Doktor damals erzählt. Stahl, betrog und wurde handgreiflich, wenn man sie erwischte. Sie konnte nicht anders. Da war ein Drang in ihr, der sie überwältigte. Der Doktor würde diesen Drang zum Schlafen bringen. Er, dem niemand zu arm, zu bedürftig war, um behandelt zu werden. Darauf legte er Wert.

»Bist du dir sicher, dass du keine Hilfe brauchst?« Ich wollte meine Hand auf ihre Schulter legen, aber sie entwich mir. Ihr Körper schien sich ganz ohne ihr Zutun von mir wegzubewegen.

»Sicher.« Sie sah mich nicht an. Ein Zucken schien durch ihr Gesicht zu gehen, als ich mich abermals bemühte, Schritt mit ihr zu halten. »Bitte«, fügte sie an.

»Dann fahre ich jetzt zur Arbeit.«

»Ja.«

»Es war schön, dich wiederzusehen.«

»Ja. Mach es gut.«

Ja, hörte ich weiter, als ich aufstieg. Wie ein Echo begleitete es mich in die Klinik, in die Umkleide, auf meine Station.

8

Hinter der Bahnhofshalle fuhren die Busse ins Umland. Ich fand schnell die richtige Nummer. Ich brauchte nur die fein gekleideten Menschen anzuschauen, die mit Blumen bepackt auf der Betoninsel standen, um vor der Abfahrt noch eine Zigarette zu rauchen. Untrüglich verrieten sie mir ihr Ziel.

Ich stieg ein, zahlte und ging bis ganz nach hinten durch. Dort setzte ich mich ans Fenster. Den Strauß, den mir der Verkäufer vorhin wortlos zusammengesucht hatte, legte ich auf den leeren Platz neben mir. *Ich fahre nicht zu meiner Familie,* hatte es mir auf der Zunge gelegen. Aber das war ihm mit einem Blick in mein Gesicht ja schon klar gewesen.

Der Bus fuhr ein paar Kilometer neben den Bahngleisen, bevor er in die Vororte der Stadt abbog. Anfangs hielt er für niemand. Erst als es langsam ländlich wurde, stieg noch ein älterer Mann zu. Er hatte Blumen dabei, wie wir alle, die zur Pflegeeinrichtung wollten. Seine Augen wanderten durch den Bus. Hoffnung, dachte ich. Er ist voller Hoffnung. Wahrscheinlich war er einer jener Angehörigen, die Bilder aufstellten und Erlebnisse erzählten. Er wollte unbedingt beweisen, dass der Mensch, den er besuchte, einmal gesund gewesen war.

Die meisten, die ich pflegte, hatten diese Überzeugung:

Ich war einmal ganz. Wenn sie es selbst nicht formulieren konnten, taten es ihre Angehörigen. Die Vergangenheit war ein Zustand, ein Ort, so unbeschadet, dass er einer Übertragung in die Wirklichkeit wohl kaum standgehalten hätte. Aber ungeachtet dessen wünschten ihn sich alle zurück.

Ich hatte einmal zwei Beine. Ich hatte einmal ein Herz, das immer schlug. Ich konnte einmal sehen. Ich stand einmal alleine unter der Dusche; ich legte dort meinen Kopf in den Nacken und ließ das Wasser draufprasseln, bis ich genug hatte. Ich stieg aus, ich trocknete meine Haare, ich suchte mir meine Kleider zusammen und zog sie an. Ich kochte mir einen Kaffee. Ich schloss eine Tür ab. Ich nahm eine Treppe. Ich ging auf eine Straße. Ich fuhr mit einem Bus.

Es war nicht immer wie jetzt.

Deshalb musste es auch einen Weg zurück geben. Wer einmal gesund gewesen war, den konnte man nicht einfach so der Hoffnungslosigkeit aussetzen. Daran klammerten sich die Menschen.

Ich legte die Hand auf den Magen. Langsam begann mir die Fahrt zuzusetzen. Das war ungewöhnlich. Normalerweise machte mir eine Reise nichts aus.

Ich schloss die Augen. Ich versuchte, dem Drang zu widerstehen, auszusteigen. In meinem Kopf begann ich zu zählen.

Er sah anders aus als seine Geschwister. Es lag nicht an seiner Größe oder seinem Körperbau. Er sprach auch wie sie. Eine Sprache, aus der man gemacht war, wie das Holz, aus dem eine Bank geschnitzt ist.

»Ich bin froh, dass du da bist.« Er streckte mir seine Hand entgegen. »Wie hast du davon erfahren?«

Es war nicht sein Körper. Nicht wirklich. Er war ihm zu groß, zu stolz. Auf den Bildern in der Zeitung konnte man das kaum erkennen. Aber so, wie er hier vor mir stand, sah ich sofort, dass er sich in seiner Haut nicht zu Hause fühlte. Dass seine angelernten Bewegungen fehlerfrei waren und ihm doch nicht gehörten.

»Erfahren?« Ich griff nach seiner Hand. Ich sah über seine Schulter auf das Foto von Marianne und ihrer alten Zimmernachbarin. Gerahmt stand es auf dem Tisch an der Wand. Dachte er, ich sei sie?

»Meine Familie gibt gerade ihr Bestes, damit meine Schwester vom Gesicht der Welt verschwindet.« Er ging einen Schritt zur Seite. »Komm, setz dich. Darf ich dir die Blumen abnehmen? Ich tu sie zu den anderen.« Er rüttelte Marianne sanft an der Schulter.

»Schau«, sagte er, »du hast Besuch.«

Ihr Zustand war unverändert. Sie hatte die Augen nur halb geöffnet. Der Blick ging an mir vorbei ins Leere. Trotzdem glaubte ich kurz, Erstaunen darin zu sehen. Vielleicht mein eigenes Erstaunen darüber, hier zu sein.

»Hallo.« Ich sollte sie anfassen, dachte ich. Das würde ihr zu verstehen geben, dass ich wirklich da war. Aber meine Hand schaffte nur die halbe Strecke. Bevor ich Marianne berühren konnte, verließ mich die Kraft.

»Es ist schön hier.«

Der Doktor hatte nicht gelogen. Der Ort war weit entfernt von der üblichen Hoffnungslosigkeit solcher Einrichtungen. Aber es war einfacher gewesen in den

Wochen davor. Einfacher, mir selbst zu sagen, ich würde Marianne besuchen, als tatsächlich Fuß in dieses Gebäude zu setzen. Ich schuldete ihr einen Besuch, das war zu einer Überzeugung herangewachsen. Und was habe ich davon, sagte sie mir in ihrer Regungslosigkeit.

Ich wandte den Blick ab. Ich sah auf den Tisch mit den Blumen.

»Es ist in Ordnung, wenn es dich schockiert. Wie lange habt ihr euch nicht mehr gesehen, seit eurer Zeit im Internat? Und jetzt liegt sie hier so ...« Er stellte meinen Strauß in eine der freien Vasen. »Ich war selbst schockiert. Aber man gewöhnt sich daran.«

»So etwas erschreckt mich nicht. Ich bin Krankenschwester.«

»Tatsächlich?« Er musterte mich. Kurz schob sich etwas zwischen uns. Dann verpuffte es wieder mit seinem Lächeln.

»Ja.«

»Wie kam es?« Er war ehrlich neugierig. Er konnte sich nicht vorstellen, warum ich freiwillig diesen Beruf ergreifen würde.

»Ich wollte ein eigenes Leben. Und eine Aufgabe.«

Er nickte. Er besann sich, weshalb ich hier war. »Was weißt du?«

»Alles, was es zu wissen gibt. Glaube ich.« Ich sah wieder zu Marianne.

»Sie sagen, es gibt nicht viel Hoffnung. Sie sagen, sie ist weg. Dass das nur noch der Körper ist, der weiterfunktioniert, weil er sich am Leben zu erhalten versucht. Aber das stimmt nicht. Sie weiß ganz genau, dass ich da bin. Sie weiß auch, dass du da bist. Das merkst du, oder?«

»Ja.« Hoffnung ist gefährlich. Ich hatte schon erlebt, wie sie Menschen letzten Endes in die Verzweiflung trieb. Trotzdem gab es keine Alternative zu ihr. Nicht auf meiner Station. Die Medizin stand schließlich auf den Schultern der Hoffnung. Ich musste sie immer wachhalten, egal, wie aussichtslos die Lage war.

»Bestimmt könnt ihr euch irgendwann wieder nach draußen setzen. Das habt ihr im Internat viel gemacht? Habt euch nach draußen geschlichen, um die Leute zu beobachten.«

»Ja.«

Er hatte das Bild schon vor seinem inneren Auge. Ich wollte es ihm nicht wegnehmen. Ich wollte nicht sein wie der Doktor, der plötzlich Mitleid in seinem Blick gehabt hatte, nachdem ich zu ihm gekommen war, um mich wegen Vera bei ihm zu erkundigen.

Wir würden die Menschen in eine Zukunft entlassen, die dieses Wort verdient; das war doch die treibende Kraft hinter dem Eingriff. Ob mit jener Zukunft auch das Schuften in einer Wäscherei gemeint sei, hatte ich gefragt. »Wir stellen die Arbeitsfähigkeit dieser Menschen wieder her. Wir geben Ihnen einen Platz in der Gesellschaft. Das ist jenseits von allem, was davor möglich war.« Er war ein Stück in seinem Stuhl vorgerückt. »Warum fragen Sie? Hatten Sie sich etwas anderes vorgestellt?«

Er wartete kurz auf eine Antwort von mir, entschied sich dann aber weiterzusprechen.

»Was gibt es überhaupt gegen die Wäscherei einzuwenden? Sie wissen doch, anderen gelingt so ein Sprung nie. Ich verstehe Sie nicht.«

Er lehnte sich wieder zurück. Er verschränkte die Arme hinter dem Kopf. Das hatte er in meiner Gegenwart noch nie getan. Für einen Moment sah er aus wie alle anderen Ärzte. Als ob sich diese Gewöhnlichkeit in meinem Blick spiegelte, löste er die Arme sofort wieder. Er legte sie auf den Tisch. Er sah mich an, wie ich wartete, wortlos wartete, bis ihm einfiel, was er mir zu sagen hatte: »Sie können jetzt gehen.«

Der Bruder trat wieder näher ans Bett heran. Er strich seiner Schwester eine Haarsträhne hinters Ohr. Er betrachtete sie. Wahrscheinlich merkte er, dass das Bild vor seinem inneren Auge nicht mit der Realität zusammenging. Sein Mund wurde schmal.

»Manchmal werde ich so wütend, wenn ich hier bin.« Er ballte seine Hand zu einer Faust. »Ich werde so wütend, dass ich gegen die Wand trete. Oder Tassen zerschlage.«

»Das verstehe ich.«

»Wirklich?«

Ich hatte auch eine Tasse zerschlagen. Am Tag, bevor sie Marianne verlegten.

Ich hatte bei ihr gesessen, wie an allen Tagen davor. Ich versuchte, mich daran festzuhalten, dass es keine ungewöhnliche Aufgabe war. Eigentlich. Wir Schwestern saßen bei Sterbenden. Das lernten wir. Wir lernten, dass unsere Anwesenheit manchmal alles war, was wir geben konnten. Und wie viel sie bedeutete. Wir lernten die Sekunde kennen, in der die Luft eine andere wurde. Manchmal wandte man Sterbenden den Rücken zu, nur für einen Moment, und sie nutzten diesen Moment und gingen.

Aber es war anders mit Marianne. Natürlich, denn sie starb ja nicht. Sie lag stets da, so, wie ich sie zurückgelassen hatte. Ich war wertlos mit meiner Anwesenheit, ich hätte geradeso gut ein Hut in diesem Zimmer sein können.

Es war eine kurze Wut. Ich spürte sie nicht kommen. Sie brach einfach plötzlich aus, als ich am Tisch stand und nach einem von Mariannes Büchern greifen wollte, um ihr daraus vorzulesen. Stattdessen griff ich nach meiner Tasse und warf sie gegen die Wand. Es klirrte.

Ich sah die Scherben auf dem Boden. Ich sah zu Marianne, die kurz gezuckt hatte und jetzt wieder ruhig dalag. Ich sah auf meine Hand, mit der ich geworfen hatte. Ich wollte mehr Tassen zerschlagen, Fensterscheiben, wollte das Bett treten, die Tür, wollte Marianne anschreien. *Warum tust du mir das an?*

Erstaunen löste meine Wut ab. Ich ließ meine Hand sinken. Ich war außer Atem. Beschämt.

»Ich habe dir ein Buch mitgebracht.« Ich war jetzt alleine mit ihr. Der Bruder hatte sie zum Abschied geküsst.

»Schau, Marianne.«

Ich zeigte ihr Bibis altes Kinderbuch. »Ich weiß, das ist nichts, was du lesen würdest ... die Sache ist die, ich glaube, dieses Buch ist so etwas wie eine Tür ...«

Ich verstummte. Still für mich hatte ich es zu denken gewagt. Aber nun glühten meine Wangen von dem naiven Unsinn, den ich da redete.

9

Als Bibi noch ganz klein war, wandelte sie nur bis zur Küche oder zur Toilette. Als sie größer wurde, irrte sie barfuß durch das Treppenhaus, manchmal bis nach draußen auf die Straße.

Wo ging sie hin? Ich hatte nie den Eindruck, dass es ein friedlicher Ort war. Ohne Unterlass tastete sie die Möbel und Gegenstände um sich herum ab, auf der Suche nach etwas, an dem sie sich festhalten konnte.

»Komm zurück, Bibi.«

Unsere Mutter hatte die Idee mit dem Buch. Ich sah sie eines Nachts im Treppenhaus. Ich war wach geworden, hatte Bibis leeres Bett bemerkt und war aufgestanden. Durch die halb geöffnete Wohnungstür erkannte ich zwei Gestalten im Dunkel, eine kleinere, auf dem Treppenabsatz unten, und eine größere, die ein paar Stufen über ihr stand.

Meine Mutter las von den Bergen und von Gewittern, in die die Füchsin mit ihrem Heißluftballon geriet.

»Komm zurück.«

Sie streckte die Hand nach ihrer Tochter aus. Erst reagierte Bibi nicht. Sie versuchte, das Fenster im Treppenhaus aufzukriegen. Unsere Mutter las weiter. Sie las mit ihrer warmen, tiefen Stimme, die man im eigenen Brustkorb spüren konnte.

Ich merkte, wie sie eine Tür aufstieß. Wie Bibi langsam, zaghaft, wo auch immer sie war, sich umdrehte und auf diese Tür zuging. Ich wagte es kaum, zu atmen, während ich die beiden beobachtete. Auch dann noch nicht, als Bibi längst die Hand unserer Mutter gegriffen hatte und sich von ihr in den Arm nehmen ließ. Es war kostbar, in diesen Armen zu liegen. Nur selten durfte man so nah heran, dass man ihr Herz schlagen hörte.

»Da bist du ja. Da bist du.«

Wenn die Aussichten schlimm genug waren, versuchten die Leute alles. Sie warfen ihre Vernunft und ihren Verstand über Bord. Sie glaubten Scharlatanen, richteten sich nach den Sternen, begannen zu beten und wechselten den Gott rasch wieder aus, wenn er ihnen nicht zu Hilfe kam.

Früher oder später gaben sie auf. Aber solange sie ihre Bücher in den Händen hielten, solange sie Geschichten erzählten, von denen sie glaubten, dass sie Menschen zurück ins Leben holten, solange musste man sie machen lassen.

Wir bereiteten eine Patientin auf den Eingriff vor. Sie kam aus einer Anstalt. Dort hatte sie die letzten sechs Jahre ihres Lebens verbracht. Sie war eine kranke Frau. Sie war eine derjenigen, von denen der Doktor sagte: »Wir können sie wieder zum Funktionieren bringen. Wir können ihr das Schlimmste ersparen.«

Und es ergab Sinn. So wie der Doktor es sagte, ergab es Sinn. Das sah auch ihre Familie, die sich von uns den Eingriff erklären ließ.

Die Eltern waren schon alte Leute. Auch eine Schwester war da. Sie wartete mit ihrem erwachsenen Sohn im Gang.

»In Ordnung«, sagte der Vater, nachdem wir alles besprochen hatten. Er nahm die Einverständniserklärung entgegen, warf einen kurzen Blick auf seine Tochter und unterschrieb.

Der Doktor und seine Assistenten verabschiedeten sich zuerst. Er würde sie morgen wiedersehen, sagte er. Und dann finge etwas Neues an. So verabschiedete er sich immer.

Ich bot der Familie an, noch ein bisschen zu bleiben, aber es wurde dankend abgelehnt. Wie fast alle, die ihre Angehörigen zum Eingriff in die Klinik begleiteten, wollten sie rasch gehen und erst wiederkommen, wenn alles vorbei war. Ich brachte sie zum Treppenhaus. Ich schüttelte ihre Hände.

»Gibt es wirklich nichts, was dagegenspricht?«, fragte die Schwester, als ich mich von ihr verabschiedete. Sie hielt meine Hand einen Moment länger fest.

»Sie wird niemandem mehr zur Last fallen«, sagte ich. Das beruhigte üblicherweise die letzten Zweifel. Ich nickte ihnen zu. Die Schwester löste ihren Griff, aber ihre Augen ließen nicht von mir ab.

»Sie sollten nicht erwarten, dass es sie zu jemandem macht, den es nicht gibt. Wir tun, was im Bereich des Möglichen liegt. Das ist alles.« Ich wandte mich ab. »Komm«, sagte der Sohn der Schwester leise, aber sie blieb stehen. Ich spürte, wie ihr Blick weiter auf mir lag. Er hatte die gleiche Skepsis, die ich von Sarah kannte. Er folgte mir die paar Schritte, die ich ging. Er würde mir wahrscheinlich den ganzen restlichen Tag folgen, bis ins Schwesternwohnheim, bis in den Schlaf. Wie müde es mich machte. Ich drehte mich noch einmal zu ihr um. »Es wird sie nicht heilen.«

Als ich am nächsten Morgen den Dienst von der Nachtschwester übernehmen wollte, wurde ich direkt ins Büro des Doktors gebeten. Die Familie der Frau hatte ihr Einverständnis für den Eingriff vorläufig zurückgezogen. Sie verlangten nach mehr Informationen. Sie wollten Patientinnen kennenlernen, die den Eingriff bereits hinter sich hatten. Meine Worte seien ihnen eine Warnung gewesen, sich nicht blind ihrer Hoffnung hinzugeben.

Der Doktor ließ uns Kaffee bringen. Er sagte: »Ich verstehe Sie. Aber so ein Verhalten kann ich hier nicht dulden. Ich muss das unterbinden, bevor es eskaliert.«

Seine Mundwinkel zuckten. Ich dachte an meine frühere Angst, dass er mich mögen könnte. Meine Angst vor seinem Lächeln. Aber es war nur der Schmerz, der in seinen Mundwinkeln zuckte. Und man sah es nur, wenn man ihm nahe genug war.

»Es ist ein Risiko, das ich bewusst eingegangen bin.« Er trank einen Schluck aus seiner Tasse. Das tat er sonst nie. Er ließ den Kaffee in meiner Gegenwart immer erkalten. »Ich war mir im Klaren darüber, dass so etwas mit Ihnen passieren könnte.« Er sah mich direkt an. »Sie sind nun mal ein Mensch.«

Ich war durstig. Ich griff nach meiner Tasse, sie klirrte auf ihrem Untersetzer. Ich zog meine Hand zurück.

»Ich werde Sie versetzen lassen. Vielleicht war es einfach zu viel hier. Das wird Ihnen Gelegenheit geben, wieder zur Ordnung zu finden. Dann schauen wir weiter.«

Ich nickte. Mehr blieb mir nicht zu tun. Mein Mut war mir hier drin nicht von Nutzen.

»Es gab in anderen Kliniken gute Erfolge«, sagte er, »mit Störungen wie den Ihren. Neigungen, die nicht in einen Menschen gehören ... so etwas muss nicht unbehandelt bleiben. Ich möchte hier auch damit anfangen. Vielleicht könnte das dann auch eine Lösung für Sie sein. Ich würde Ihnen gerne helfen.«

Dann stand er auf. Er streckte mir die Hand entgegen. »Ich werde mich erkundigen, wie es Ihnen geht.«

Ich griff nach seiner Hand. »Auf Wiedersehen«, sagte ich leise. Er blinzelte.

10

Es passierte. Schwestern hatten Auseinandersetzungen und mussten ihre Station verlassen. Natürlich war ich davon ausgegangen, dass mich so etwas nie betreffen würde. Aber als es so weit war, wartete ich vergebens auf meine eigene Bestürzung darüber.

Ich wurde auf die Station im zweiten Stock versetzt. Meine alte Zimmernachbarin hatte dort auf der Inneren Medizin ihre Ausbildung gemacht. Anfangs war sie jedes Mal sehr bleich geworden, wenn sie über die Arbeit sprach. Es sei rau, sagte sie. Die älteren Schwestern führten ein strenges Regime. Von Mitgefühl hielten sie nicht viel. Niemandem gegenüber.

Es war noch immer so. Man erkannte das schon an der Art, wie die Jüngeren die Treppe hochgingen und sich danach für die Übergabe aufreihten. Das war die Macht der älteren Schwestern. Das würde eines Tages auch meine Macht sein.

Mir machte es nichts. Ich war es gewohnt. Ich wusste schließlich, wie man auf die kleinsten Zeichen achtet. Nicht einmal die Angst, die ich eigentlich hätte verspüren sollen, kam. Ich stand unter Beobachtung. Der Doktor hatte gesagt, er würde sich erkundigen, wie es mir auf der neuen Station ginge. Aber alles, was ich dieser Beobachtung gegenüber empfand, war Gleichgültigkeit.

»Ja«, sagte ich den älteren Schwestern nur. Ich tat, was von mir verlangt wurde, ohne zu widersprechen oder einzuknicken.

Ich wechselte die verschmutzten Laken, ich versorgte die Wunden, ich verabreichte die Medikamente, ich wusch die Körper, und wenn ich dabei gestört und angeherrscht wurde, dann spürte ich keine Scham. Ich wartete einfach, bis die Schwestern ihre Tirade beendet hatten. Sie waren genauso an Zeit gebunden wie ich. Lange dauerte es nie.

Nur die Nachtschicht forderte mich. Die Stille, die einem im Nacken saß. Die Müdigkeit, irgendwann um drei Uhr, eine Müdigkeit, die hämmerte, die in die Augen und die Beine drang, die alles einnahm. Der Tod, der sich rücklings anschleichen wollte. Ich konnte ihn fast nicht abwehren.

Nach Schichtende saß ich in der Garderobe auf der Bank. Ich dachte an den jungen Mann, der plötzlich heftiges Fieber bekommen hatte. Da war die Müdigkeit längst wieder verflogen. Ich fühlte das Hoch der frühen Stunden. Die Freude darüber, dass der junge Mann lebte.

Als ich aufblickte, sah ich Sarah. Nur ein paar Meter von mir entfernt stand sie da.

Ungläubig musterten wir einander. Die Nacht hatte ihre Spuren an uns hinterlassen. Sarahs Schürze war mit Blut beschmiert. Schweiß hatte die Ränder ihrer Uniform dunkler gefärbt.

»Ich hab gehört, was du getan hast.« Sie kam auf mich zu und setzte sich neben mich. Sie streckte die Beine aus.

»Mit der Patientin, die operiert werden sollte.« Sie zog ihre Zigaretten hervor und zündete sich eine an.

»Dumm war das.« Sie blies den Rauch aus. Sie war also auch eine derjenigen, deren Kippen man hier fand, über die man schimpfte, die man verfluchte, weil sie mit ihrem Glimmstängel keine fünf Minuten warten konnten, bis sie aus der Tür waren. Unmöglich, dachte ich. Sie ist unmöglich.

»Mach so etwas bitte nicht wieder.« Sie war unachtsam mit ihrer Zigarette, Asche fiel ihr auf die Schürze.

»Ich kann nicht noch mal jemanden verlieren.«

Wie sehr ich sie liebte. Mir blieb die Luft weg, nur kurz, nur für einen Augenblick.

II

Einmal alle zwei Wochen besuchte ich Marianne. Ich machte mir vor jedem Besuch die Haare. Ich putzte und polierte meine Schuhe. Ich lieh mir die Handtasche einer Schwester, die aus besserem Hause kam. Sie richtete mir noch den Kragen meines Kleids. Sie zog mir die Handtasche aus der Armbeuge, wo ich sie trug, an den richtigen Platz. Sie sah jedes Detail, das ihr Gegenüber entlarvte. Nicht wie er.

Er war immer da. Er war fast glücklich, als ich zur Tür hineinkam. »Hallo!«, sagte er und sah aus, als ob er mich am liebsten in die Arme geschlossen und festgehalten hätte. Aber derlei war ihm gut abgewöhnt worden. Also gab er seine ganze Freude, die er in dem Moment empfand, in den Händedruck.

»Hallo«, erwiderte ich, und mir fiel auf, dass wir uns bislang nicht mit Namen vorgestellt hatten. Nun war es wohl zu spät dafür.

»Marianne«, sagte er und küsste seine Schwester auf die Stirn, »Besuch ist da.« Dann überließ er mir seinen Stuhl. Er blieb stehen, und die Freude wich aus ihm, und er sank wieder zusammen.

Eine seltsame Veränderung hatte angefangen stattzufinden. Marianne begann auszusehen, als sei sie aus Stein. Ihre Wimpern, ihre Nägel, ihr Mund, ihre Haut, all das wirkte vollkommen unberührt von der Zeit in diesem Bett. Er im Gegenzug begann zu verschwinden. Er war dünner geworden, sein Gesicht schmaler, die Stimme leiser, seine Anwesenheit, die ihm mitgegeben war, um jeden Raum zu füllen, schrumpfte ganz auf seine Person. Nur die Freude, wenn ich kam, weckte ihn kurz auf. Und wenn er über Mariannes Fortschritte redete. Fortschritte, die niemand außer ihm wahrnahm.

»Wie geht es dir auf der Arbeit?«, fragte er.

»Gut, danke.« Ich sagte nicht: Es ist zu einem Zwischenfall gekommen. Zu einer Entgleisung meinerseits. Seither habe ich meine Zweifel daran, wer oder was ich bin.

»Ich spiele Karten mit ihr«, sagte er. Er deutete auf den Stapel, der bei den Bildern lag. Er erzählte mir jedes Mal davon. Er sagte, dass er ihrem Blinzeln folge, oder der Spitze ihres Zeigefingers. Dass sie so schon gewonnen habe. Und dann vergaß er das wieder und erzählte es von Neuem.

»Gab es in der Zwischenzeit Besuch?«, fragte ich.

»Du weißt doch, wie sie sind.« Kurz verzog sich seine Stirn. Kurz sagten mir seine Falten: Nein, du weißt nicht, wie sie sind. Du weißt nichts von uns, du bist keine von uns. Dann verschwand es wieder.

»Unser Vater hat die Stiftung vergrößert. Zahlt den schlauen Arbeiterkindern jetzt sogar das Studium. Hast du davon gelesen?«

Ich schüttelte den Kopf.

»Er würde die Ärmel hochkrempeln und jeden Menschen eigenhändig aus dem Dreck ziehen. Außer uns natürlich. Wir sind ja seins, er müsste ... selber einen guten Blick in den Spiegel werfen. Aushalten, was er da sieht.«

Er räusperte sich. »Aber was rede ich. Du bist da. Du bist den weiten Weg gekommen. Marianne war verzweifelt, als du damals weggegangen bist. Von allen Orten, an die man nach der Schule gehen könnte, entscheidest du dich ausgerechnet für das tiefste Niemandsland.« Er klang vorwurfsvoll. »Hast du dort geheiratet?«

»Nein.« Zu ihrer Schwester war die alte Zimmernachbarin gezogen. Ein Zahn zum Abschied, danach hatte Marianne nie mehr von ihr gehört.

Ich war dankbar dafür. Ich war dankbar, dass ich hier in ihre Schuhe steigen durfte. Dass ich für ein paar Stunden sie sein konnte. Dann war ich hier nicht nichts. Dann musste ich hier nicht ich sein.

Der Bruder nahm mein Nein hin. »Es gibt einen Arzt im Haus«, sagte er, »der einen neuen Therapieansatz verfolgt.«

»Was für eine Therapie?«

»Er ist ... vorsichtig optimistisch.«

»Womit?«

»Ein hoch dosiertes Mittel. So hoch, als würde man ...« Er ballte die Hand zur Faust und stieß sie sich gegen den Brustkasten, »... ein stehen gebliebenes Herz wieder zum Schlagen bringen.«

»Wer ist dieser Arzt?«

Er ging zum Tisch. Er schenkte uns zwei Gläser Wasser ein, nahm aber nur seins wieder mit.

»Mein Vater hat mich dasselbe gefragt.« Er verschluckte sich beim Trinken und hustete. »Er ruft hier an, hab ich dir das erzählt? Er will, dass man ihr den Hörer ans Ohr legt, damit er mit ihr reden kann. Er erzählt von seinem Tag.« Mit dem Handrücken wischte er sich über den Mund. Er sah aus, als läge ein schlechter Geruch im Raum. »Ich bin ihm aus dem Gesicht geschnitten. Mehr als meine Geschwister. Die Nase, die Augen, der Mund, die Ohren … alles. Man verwechselt uns sogar am Telefon.«

»Ich würde euch nicht verwechseln.«

»Doch, das würdest du.« Plötzlich lächelte er. Er lächelte, und er wurde zu einem anderen Mann. »Aber danke, dass du das sagst.«

Sein Lächeln steckte mich an. Es war überall in diesem Zimmer. Ich sah zu Marianne, für einen Moment davon überzeugt, es müsste auch sie anstecken.

»Sag mir, was du über diese Medikamententherapie weißt.« Ich wollte auch von dieser Hoffnung kosten, die er weiter in sich nährte. Ich sollte nicht, nicht ich, ich wusste es besser. Aber ich wollte trotzdem.

12

Sie öffnete die Tür, als ich mich gerade umzog. »Entschuldige«, sagte sie und zog die Tür gleich wieder ein Stück vor sich zu.

»Komm ruhig rein.« Du kennst mich doch, setzte ich in meinem Kopf nach.

»Wie war deine Nacht?« Sie schlich hinter mir ins Zimmer.

»Lange.«

»Meine auch.«

Wir sahen uns jetzt häufiger, seit ich auf der neuen Station wieder Nachtschichten machen musste. Wir verabschiedeten uns wie gewohnt: »Bis Samstag.« »Bis Montag.« »Bis nächste Woche.« Es war die vertraute Unordnung, die wieder einzog, und in der Ecke stand unsere Topfpflanze und zeigte unbeeindruckt von allem, was in diesem Zimmer passiert war, ihr leuchtendes Grün.

»Hast du schon gegessen?«

»Nein.«

»Wollen wir runtergehen und schauen, was es gibt?«

Ich nickte. Erst vor Kurzem hatten wir das zum ersten Mal wieder gemeinsam getan. »Gerne.«

Ein kurzer Blick über die Schulter verriet mir, dass sie noch ihren Mantel trug. Sie wartete, bis ich fertig war und den Schrank freigab, damit wir uns nicht zu nahe kamen. Wir wichen jeder Nähe, jeder Berührung aus, seit wir uns wieder zusammen in diesem Zimmer aufhielten.

»Meret«, sagte sie leise.

Ich spürte, wie mein Herz einen Satz machte. Sie sagte meinen Namen, und die unsichtbare Grenze zwischen uns bekam einen Riss.

»Bin schon fertig.« Ich setzte mich auf mein Bett und trennte meinen Zopf auf. Meine Kopfhaut schmerzte. Kreisend fuhr ich mit den Fingerkuppen darüber.

»Du bist vorsichtig, ja?«

»Natürlich bin ich das.« Ich sagte nicht: Eigentlich ist es mir egal, was auf der Arbeit passiert. Das hatte ich nur einmal gesagt. Sie war wütend geworden. Mit zusammengebissenen Zähnen hatte sie mir verboten, das noch einmal zu wiederholen.

»Was beschäftigt dich?« Sie legte die Handflächen zusammen.

Ich sah zu ihr. Anfangs waren wir auch den Blicken ausgewichen. Ich hatte jeden Winkel, jede Spinne in diesem Zimmer noch einmal neu kennengelernt, damit ich sie nicht anschauen musste.

»Eine Begegnung.«

Jetzt sah auch sie mich an. Mein Körper wurde steif.

»Was für eine Begegnung?«

Das Bild der jungen Frau erschien sofort wieder vor meinem inneren Auge. Der Wäschesack, die Kargheit ihrer Worte. Es ging nicht weg. »Sie war eine Patientin von mir.«

»An ihr wurde der Eingriff durchgeführt?«

Ich nickte.

»Und sie hat es überstanden?«

Ich nickte wieder, energischer. »Wir konnten sie damals nach drei Tagen entlassen, es ging alles gut. Danach hat …« Es brannte in meiner Brust. »Danach hat für sie ein neues Leben angefangen.«

»Was heißt das?«

»Sie arbeitet jetzt in der Wäscherei. Ich hab sie getroffen, als sie Wäsche in die Klinik gebracht hat.«

»Hm.« Sarah rieb die Handflächen aneinander. »Und wie war das?«

»Es war …« Ich schüttelte den Kopf. Ich sah Veras zusammengefaltete Kleidung vor mir, die sie in der Klinik unter ihrer Bettdecke verstaut hatte. Ihren kleinen, leichten Koffer. Das Zucken in ihrem Gesicht, als hätte sie während unserer Begegnung plötzlich Angst vor mir bekommen.

»Erinnerst du dich an ihren Namen?«

»Vera.«

»Vera.« Sarah schloss die Hände. Sie schließt diesen Namen dort ein, dachte ich. Jetzt wird er gar nicht mehr weggehen. Ich spürte einen kindlichen Trotz in mir aufsteigen.

»Ich hab mit der Zeit gearbeitet«, sagte ich, »genau so, wie es mir die älteren Schwestern beigebracht haben. Aber ich verstehe nicht … sie haben gesagt, ich brauche nur meine Aufgaben zu erledigen, jeden Tag, und irgendwann würde ich die einzelnen Gesichter nicht mehr sehen. Sondern das große Ganze. Die Zeit wird auf meiner Seite sein.«

Sarah schwieg. Sie zog ihren Mantel aus und legte ihn über die Stuhllehne.

»Soll es nicht so sein?«, fragte ich, die Stimme brüchig vom Trotz.

»Nein.« Sie schüttelte den Kopf. »Nein, so soll es auf keinen Fall sein. Ich ... nie werde ich die Gesichter meiner Patientinnen vergessen. Wie kommst du darauf, dass die Zeit auf unserer Seite sein könnte?«

Kurz schnürte mir ihr Ton die Kehle zu. Es war alles so zerbrechlich in diesem Zimmer. Jedes Wort, jede Bewegung. Ein zu kräftiger Stoß, und es wäre vorbei. Ich sagte nichts.

Sie stellte ihre Schuhe in den Schrank. Es kümmerte sie noch immer nicht, dass alle anderen ihre Schuhe auszogen, nachdem sie das Haus betreten hatten. Sarah ging in den Schuhen durchs Haus, stapfte in den Schuhen die Treppe hoch, donnerte durch den Gang, egal, wie oft sie dafür schon Tadel kassiert hatte.

Sie legte ihren Mantel ab. Noch trug sie keinen Schal, keine Mütze, keine Handschuhe. Dabei war es kalt geworden.

»Hörst du von ihm?« Sie streifte sich die Strümpfe von den Beinen und warf sie in den Schrank.

»Er richtet mir hin und wieder einen Gruß aus.«

»Einen Gruß.« Sie ging ein paar Schritte. »Einen Gruß«, wiederholte sie leise für sich. Sie fuhr sich mit den Fingern über die Lippen.

»Vermisst du es?«

»Ja«, gab ich zu.

»Eure Gespräche?«

»Ich vermisse es, in seinem Büro zu sitzen und zu wissen, dass … Dinge möglich sind.«

Sie blieb stehen. »Das verstehe ich.«

»Wirklich?«

»Glaubst du, ich bin gar nicht eitel?« Sie schüttelte den Kopf. »Du solltest mich doch mittlerweile kennen.«

Ja, ich kannte sie. Ihr Körper war mir so vertraut. Es fehlte mir jeden Tag, sie zu berühren.

»Komm«, sagte sie, »gehen wir etwas essen.« Ich stand auf. Ich folgte ihr aus dem Zimmer, den Gang entlang, sah ihre Hände an, die Hände, in denen sie Veras Namen eingeschlossen hatte.

13

Er rief mich an einem Sonntag an, um mir mitzuteilen, dass Marianne sterben würde. »Jetzt hätte es ihr eigentlich besser gehen sollen«, sagte er. Ich konnte die Empörung in seiner Stimme hören.

In den vergangenen Wochen hatte man sie mit der experimentellen Medikamententherapie behandelt. Es war ein Medikament, das eigentlich in anderen Gebieten angewandt wurde. In einer extrem hohen Dosierung sollte es sie langsam aufwecken. Aber anstatt dass sie dadurch wach wurde, begann der Körper, der funktionstüchtig geblieben war, nun Stück für Stück aufzugeben.

»Bitte komm«, sagte er. Und dann nahm er es gleich wieder zurück. Jetzt, mit dem Tod in greifbarer Nähe, hatte ich nichts mehr bei ihr zu suchen. Die Familienmitglieder würden zurück in ihre Rollen schlüpfen, wieder Mutter, Vater und Brüder sein, bereit für einen richtigen Abschied, eine richtige Trauer. Nur die Angehörigen, so galt es für Anlässe wie diesen. Nur diejenigen, denen sie gehörte.

»Dann war es ganz ohne Sinn, das letzte Jahr.« Er schluckte. »Danke«, sagte er leise, »ich danke dir. Du warst da. Danke.«

Nachdem er aufgelegt hatte, ging ich in unser Zimmer. Dort setzte ich mich auf mein Bett und sah zum Fenster hinaus. Ich konnte Sarahs Bett nicht anschauen.

Er hatte nur genickt, als ich ihm beim letzten Mal sagte, wer ich wirklich war. »Ja, da hatte ich schon vermutet.« Damit war es für ihn erledigt. Dieses Geheimnis hatte in ihrem Zimmer gar keine Macht. Ich begriff, dass er jede willkommen hieß, die durch diese Tür kam, um einen kurzen Besuch abzustatten. Jede, die ihm das Alleinsein mit ihr um ein paar Minuten verkürzte.

Stunden oder Tage. Das war alles, was es jetzt noch für Marianne gab. Und wenn es vorbei war, würden ihre Haare noch für eine Weile weiterwachsen. Ganz ohne ihr Zutun.

Ich stellte mich auf eine Nachricht ein. Ich glaubte, sie würde mich erleichtern.

Kurz hatte ich die Hoffnung des Bruders teilen können; Marianne, die ihre Augen aufschlug, und alles war wie vor dem Eingriff. Nur dass ihre Wut nicht mit ihr aufwachte. Ihre Wut würde einfach weiterschlafen.

Von diesem Bild hatte ich mich schnell verabschiedet. Ich sah nur noch die Besuche bei Marianne, ein ewiges Weitergehen des Zustandes, wie er jetzt war. Ich konnte nichts darüber sagen, wie es ihr ging. Vielleicht ging es ihr gar nicht so schlecht. Was wusste ich schon. Das war doch ich, die das warme Gewicht ihres Lebens spürte und davon befreit werden wollte.

Fünf Tage, nachdem der Bruder so empört gewesen war, kam ein zweiter Anruf. Noch im Nachthemd eilte ich zum Telefon. Er war aufgebracht, er klang nicht nach Tod.

»Meine Schwester möchte dich sehen«, sagte er.

14

Da war noch immer das Unberührte an ihr, das erst gekommen war, nachdem ihr Körper in seinen neuen Zustand gefunden hatte. Aber da war auch Unruhe. Vielleicht machte es ihr Angst zu wissen, dass dieser Körper sie gar nicht brauchte, um weiterzumachen. Dass er zum Funktionieren gebaut war und sie nicht gehen lassen würde, solange ihm das gelang.

»Hallo«, sagte ich.

»Du hast dir Zeit gelassen«, sagte sie. Ihre Stimme war ihr noch nicht wieder eigen. Ihre Worte klangen hölzern, als spräche sie eine Sprache nach, die sie gar nicht beherrschte. Sie legte die Hand an ihren Kehlkopf. Die Vibrationen darin mussten sich ungewohnt anfühlen.

Ich blieb beim Tisch stehen. Sie deutete auf den Stuhl neben ihrem Bett.

»Setz dich.« Dann zögerte sie. »Bitte«, sagte sie noch, unsicher darüber, ob sie mich hier um Dinge bitten musste.

Plötzlich war ich ihr wieder so nah. Ich sah die Risse in ihrer Haut. Feine Verästelungen, die sich über ihre Wange zogen.

»Mein Bruder hat mir erzählt, dass du hier warst.« Sie deutete auf den Tisch beim Fenster, wo die Blumen standen. »Abgesehen von euch beiden kommt nur die Botanik zu Besuch.«

»Erinnerst du dich?«

»An was? An dich, hier?«

An das, was wir mit dir gemacht haben, wollte ich sagen. Stattdessen nickte ich.

»Vielleicht.« Wieder suchten ihre Finger den Kehlkopf. Dort ruhten sie, während sie weitersprach. »Manchmal kommen Bilder. Wie ein Traum, an den man sich irgendwann am Tag erinnert. Ein sehr langer, sehr langweiliger Traum.«

Ich sah zu den Karten auf ihrem Nachttisch. »Dein Bruder hat hier mit dir gespielt. Er hat mir von euren Runden erzählt. Erinnerst du dich daran?«

»Mit *mir* hat er gespielt?« Sie schnaubte. »Mit sich selber hat er gespielt, der alte Idiot.« Sie griff nach den Karten und ließ sie neben mir auf den Boden fallen.

»Er hat mich alleine gelassen. Über Jahre. Er hat so getan, als sei das ein Naturgesetz. Er ist ein Bruder und ich bin eine Schwester, und das … sind zwei verschiedene Welten.«

Sie atmete schnell. Das Sprechen kostete sie fast alles, was sie an Kraft hatte. Ich wollte sie beruhigen. Meine Hand auf ihre legen. Ich wollte ihr von Wilm erzählen. Dass mein Bruder auch verschwunden war, in eine andere Welt. Ich sagte nichts.

»Es ist immer noch da«, sagte sie nach einer Weile. Sie hatte ihre rechte Hand im Bettlaken verkrallt. »Es ist immer noch in mir drin.«

»Was?«

Jetzt erst fiel mir der Bilderrahmen auf. Er stand auf dem Nachttisch. Sie und ihre Familie. Die Scheibe war zersplittert.

»Deine Wut?«

»Man hat mir gesagt, dass ich Glück habe. Dass man von so was eigentlich nicht zurückkommt. Es wird vermutlich nicht lange halten. Das haben sie auch gesagt. Aber sie sagen viel. Sie wissen alles. Anscheinend.«

»Wenn ich irgendetwas ...«

Sie schüttelte den Kopf. Sie wollte von meiner Schuld nichts wissen.

»Ich hatte gehofft, es würde weggehen. Ich wache auf, und ... ich bin nicht mehr wütend.«

Sie sah zu mir.

»Der Arzt war hier.«

»Hier?«

»Saß da, wo du jetzt sitzt. Er hat gesagt, wenn es besser wird ... wenn es so bleibt ... mit mir ... dann können wir es noch mal versuchen.«

»Nein«, stammelte ich. Fast schaffte meine Stimme dieses eine Wort nicht. »Nein«, sagte ich noch mal. Mein Nacken wurde kalt. Ich versuchte, mir den Doktor vorzustellen, hier an ihrem Bett. Seine Worte, die immer Sinn ergaben, die seine größte Fähigkeit waren, größer als alles, was seine Hände schufen.

»Schon gut.« Sie nickte. »Ich mag auch nicht mehr.«

Ich merkte, wie mir die Tränen aufstiegen. Ich wollte ihre Hand öffnen und mich in diese Kuhle hineinlegen. Ich wollte um sie weinen.

»Bring mich weg«. Sie hatte etwas an sich, es ließ

nicht zu, dass man sich von ihr abwandte. Nicht, wenn man ihr so nahe war.

»Egal, wohin.« Sie streifte die Decke von ihrer Hüfte. Ich sah die Spuren an ihren Oberschenkeln, die das lange Liegen hinterlassen hatte. »Hauptsache, weg aus diesen Zimmern, in denen ich … krank … und beschädigt bin.« Sie ließ das Laken los.

Ich war eingefangen von ihrem Blick. Ich musste ihr direkt in die Augen blicken, als ich sagte: »Ich kann nicht.«

15

Sie schlief. Ich wollte zu ihr gehen und sie wecken, aber dann blieb ich beim Tisch stehen. Ich lehnte mich an und betrachtete sie.

Ich war morgens aufgestanden, bevor sie zurückkam, hatte meine Toilette verrichtet, gegessen. Eine Nachtschicht erwartete mich, und so gehörte der Tag mir. Ich war zu Besorgungen aufgebrochen. Ich hatte mich draußen in ein Café gesetzt. Ich war die Einzige gewesen, die dort in der Kälte ein Stück Kuchen aß.

»Sarah?«

Sie reagierte nicht. Vor ein paar Monaten hätte ich sie geweckt, indem ich ihre Augenlider küsste. Ich wusste noch ganz genau, wie sich die Haut dort auf meinen Lippen anfühlte.

Ich ging zu ihr. Ich kniete mich an ihr Bett. »Sarah«, sagte ich laut. Sie öffnete die Augen.

»Ich möchte dich etwas fragen.«

Sie nickte schlaftrunken.

»Wollen wir mit Marianne wegfahren?« Ich stützte meine Arme auf ihrem Bett auf. »Wir machen einen Plan, und dann gehen wir.«

Sie musterte mich, wirkte für einen Moment unsicher, ob sie noch träumte.

»Dann gehen wir weg, Sarah.«

Sie schüttelte verwirrt den Kopf. Ich holte Luft, damit ich einmal fertig reden konnte, bevor sie die Kraft hatte, mir zu widersprechen. »Wir fahren weg von hier, und wir kommen nicht mehr zurück. Wir brauchen nur ein Auto. Du kannst doch fahren, oder? Und einen Ort, wo wir hinkönnen. Und einen Plan natürlich. Wir brauchen einen Plan.«

Jetzt war sie hellwach. Sie griff nach meinen Händen. »Bist du verrückt? Was redest du da? Das geht nicht.«

»Warum nicht? Weil wir Pflichten haben?« Ich merkte, wie es meinen Körper schüttelte. Die Erregung drang mir bis in die Fingerspitzen. »Weil es falsch ist? Weil wir dafür bestraft gehören?«

»Weil es ...« Ihre Stimme erstarb. Sie drückte meine Hände, so fest, wie ich seit Wochen nicht mehr von ihr angefasst worden war. »Weil es ...«

Wieder schüttelte sie den Kopf. Sie schwieg. Ohne sie, dachte ich, ohne sie hätte ich meinen Frieden.

»Du meinst es ernst?«

Ich nickte. Sie hielt meine Hände an ihren Mund. Einen Moment glaubte ich, sie würde sie küssen. Aber dann legte sie nur ihren Kopf darauf ab.

16

Wir fuhren los, als es schon fast dunkel war. Schweigend passierten wir die Vororte der Stadt. Sarah traute keinem grünen Licht. »Schau, ob was kommt«, wies sie mich an den Ampeln an. Sonst sagte sie nichts. Sie navigierte uns durch die immer ländlicheren Straßen. Sie hatte sich die Karte eingeprägt. Sie hatte gesagt, wenn es darum ginge, den Weg zu finden, traue sie niemandem außer sich selbst.

Wir waren früh dran. Wir parkten abseits und warteten. Sarah machte den Motor aus. Sie öffnete das Handschuhfach, nahm ihre Zigaretten heraus und steckte sich eine in den Mund.

»Darf ich auch?«, fragte ich.

»Nein.« Sie kurbelte das Fenster runter. Sie zog eine Packung Minzbonbons aus ihrer Tasche und reichte sie mir. »Hier. Wenn du süchtig werden willst, nimm das.«

Eine Weile saßen wir so. Sarah rauchte noch eine zweite und dritte Zigarette. Als sie die vierte im Mund hatte, verging ihr die Lust. Sie warf sie aus dem Fenster.

Vor drei Tagen hatte sie das Auto gekauft. Unser ganzes gespartes Geld steckte darin. Es war mit seinen alten Besitzern schon viele Kilometer gefahren, zu viele für mein Empfinden. Sarah allerdings war sich sicher gewesen, dass es uns bis zu unserem Ziel bringen würde.

Sie kenne Blechbüchsen, hatte sie gesagt. Sie sehe es ihnen an, ob sie treu sind.

»Glaubst du, sie kommt?« Es waren schon zwanzig Minuten nach der verabredeten Zeit. Ich merkte, wie ich hoffte. Eine kurze Hoffnung, dass wir zurückfahren und in unser altes Leben schlüpfen könnten.

»Schauen wir mal.« Sarah lehnte sich zurück. Sie wirkte ganz ruhig, aber ihr Herz raste. Ich sah, wie es unter ihrer Brust wummerte.

Sie hatte mich geküsst. Nachdem sie das Auto gekauft hatte, war sie in unser Zimmer gekommen, hatte mein Gesicht zwischen ihre Hände genommen und mich geküsst. »Wir machen es wirklich.« Sie zog mich auf ihr Bett. Sie lehnte ihre Stirn an meine. »Wir machen es wirklich.« Dann ging jede Berührung wie von alleine. Ihr Hals. Ihre Achseln. Ihr Bauch. Ihre Beine. Ihr warmer Schoß. Ihre Augen auf mir. Ihr Keuchen. Die vom Kissen kaum zu erstickenden Laute. Ihr erschöpfter Körper, der sich in der Umarmung mit meinem nahezu auflöste.

Ich wollte nicht zurück.

»Es wird.« Sie streckte den Arm aus und griff mir in die Haare. »Es wird schon.«

Solange wir zusammen sind, ergänzte ich still. Ich tat ein paar tiefe Atemzüge, schloss die Augen, sog die kühle Luft ein. Unser Auto roch nach Leder und Rauch. Unser Auto, dachte ich, und mir wurde warm in den Fingerspitzen.

»Sie kommen.« Sarah nahm ihre Hand aus meinen Haaren und drehte den Zündschlüssel. Ich blickte aus dem Fenster, zu den zwei Gestalten, die sich dem Auto näherten. Marianne saß im Rollstuhl und wurde von ihrem Bruder geschoben. Noch schafften es ihre Beine nicht weit. Die vergangenen Wochen waren zu wenig gewesen, um die Muskeln ordentlich aufzubauen. Monate lagen vor ihr, vor uns, bis ein ausgiebiger Spaziergang wieder möglich sein würde.

»Guten Abend«, sagte der Bruder und gab Sarah die Hand. Fast wäre ich ob seiner Förmlichkeit in Gelächter ausgebrochen. Marianne nickte uns zu. Ein schmales Lächeln umspielte ihren Mund.

Der Bruder half ihr auf die Rückbank. Er umarmte sie. Er legte noch die Hand ans Fenster, nachdem er die Tür geschlossen hatte. Sie drückte von der anderen Seite dagegen. Dann klopfte er auf die Haube. »Mach's gut«, sagte Marianne leise. Sie presste die Lippen aufeinander.

Ich sah im Rückspiegel, wie er zusammensank. Nicht so wie andere, die es in die Knie zwang, die sich auf den Boden warfen und schluchzten. Er war ja ein Ellerbach, seine Fassung war größer als er.

Wir fuhren fast den ganzen Weg zurück. Unbehagen breitete sich in mir aus, je näher wir der Stadt kamen. Sarah hatte darauf gepocht, dass das die beste Route sei. Keine unnötigen Umwege, die uns Stunden auf unserem Weg zum Ziel kosten würden. Ich legte meine Hände auf die Knie. Ich versuchte mir Sarahs Herz vorzustellen. Sein Schlagen.

»Wir können jederzeit umkehren«, sagte ich zu Marianne, als wir am Bahnhof wieder stadtauswärts abbogen.

»Ich weiß.«

Sie hatte ihrem Bruder gesagt, dass er in ihrer Schuld stehe. Für all die Jahre, in denen er sie alleine gelassen hatte. Sie würde ihm vergeben. Wenn er sie ziehen ließe.

»Ich weiß.«

Marianne schlief bald ein und so waren Sarah und ich alleine, während um uns herum die Lichter weniger wurden. »Möchtest du, dass ich mit dir spreche, um dich wach zu halten?«, fragte ich Sarah.

»Ich möchte, dass du ab und zu sagst, fahr weiter.«

»Fahr weiter?«

»Ja. Das reicht.«

»Das kann ich machen.«

»Gut.«

Wir hielten nur einmal an. Sarah nutzte die Minute, als ich mich am Straßenrand erleichterte. Ich sah sie im hell erleuchteten Auto, wie sie die Ellenbogen auf den Lenker stützte, die Hände faltete und die Augen schloss. Tonlos sprach sie ihr Gebet.

Wir weckten Marianne. Sie machte die Augen auf, blickte uns an, ein ruhiger Blick, wie ich ihn von ihr nicht kannte.

»Geht es dir gut?«, fragte ich. Ich befühlte ihre Stirn. »Weißt du, wo wir sind?«

»Ja. Und ja. Darf ich jetzt weiterschlafen?«

Sie ließ es zu, dass wir den Gurt von ihr lösten, ihre Füße auf die Rückbank legten und ein Kissen unter ihren Kopf schoben. Kurz drückte sie meine Hand, als ich sie wieder zudeckte.

Wir passierten ein paar Dörfer, dann kam nichts mehr. Nur noch die Scheinwerfer des Autos wiesen den Weg.

Ich merkte, wie ich mich langsam entspannte. Es gab die gleichförmige Bewegung der Fahrt, die Unebenheiten auf der Straße, uns.

»Fahr weiter.«

Wir hatten nicht alles mitnehmen können. Streit war ausgebrochen über die Zimmerpflanze. Sollte sie doch den nächsten Bewohnerinnen gehören und aus ihrem Zimmer ein Zuhause machen. Sarah hatte dazu eine andere Meinung. Sie drohte sogar, nicht zu fahren, wenn die Pflanze im Schwesternwohnheim blieb.

»Fahr weiter.«

Ich sah auf die beschlagenen Scheiben. Mit dem Finger fuhr ich durch das Nass und zeichnete Muster. Ich wartete auf den Regen, früher oder später würde er kommen, das Auto benetzen, seine Tropfen von der Geschwindigkeit zu Rinnsalen verzogen.

»Warte hier.«

Ich musste eingenickt sein. Ich wachte davon auf, dass der Wagen hielt. Es war noch dunkel draußen. Es war alles fremd.

Sarah stieg aus. Sie ging auf ein erleuchtetes Fenster zu. Sie bückte sich und warf Kieselsteine gegen die Scheiben. Protestgeschrei war von innen zu hören, dann wurde das Fenster aufgerissen.

»Was ist denn hier los?«, brüllte die Frau. Sie blickte hinaus zu ihrer Tochter. »Was ist das für ein Auftritt, mitten in der Nacht? Ich dachte, ihr kommt morgen!« Sie verschwand vom Fenster. Man hörte ihr Schimpfen, wie es durch den Flur bis nach draußen drang. »Hast du eine ganze Karawane mitgebracht? Da war doch … was hast du gesagt, wie viele Leute kommen? Bin ich eigentlich ein Hotel?«

Die Tür ging auf. Das Flurlicht erhellte die beiden, als sie sich umarmten. Ich sah, wie fest sie einander hielten. Wie die Mutter ihre Hand an Sarahs Kopf legte und ihre Tochter fast ein Stück vom Boden abhob.

»Was machst du mit deiner alten Mama«, schimpfte sie, »willst du mich umbringen?«

Ich drehte mich zu Marianne um. Sanft rüttelte ich sie am Knie.

»Wach auf«, sagte ich. »Wir sind da.«

17

Ich hatte mir ein Museum vergangener Leben vorgestellt. Ein Haus voller zurückgelassener Dinge.

»Ich rauche normalerweise nicht«, hörte ich die Stimme von Sarahs Mutter aus der Küche. Ein Streichholz wurde entzündet.

Auf dem Weg zur Toilette war ich im Gang stehen geblieben. Dort, über der kleinen Kommode mit dem Telefon, hingen die Fotos, von denen mir Sarah erzählt hatte. Im spärlichen Licht versuchte ich, die Gesichter auszumachen. Alles hier war kostbar. Alles hier hatte mit ihr zu tun.

Sie spülte unsere Teller. Das Geklapper drang zu mir. Sie ließ sich Zeit. Ich konnte mir ganz genau die Bewegung ihrer Hände vorstellen.

Nur Marianne hatte nach unserer Ankunft mehr als ein Brot herunterbekommen. Fast gesprächig war sie gewesen.

»Ich gehe jetzt zu Bett. Meine Tochter kann euch zeigen, wo alles ist.«

Es war zu dunkel, um auf den Fotos wirklich etwas erkennen zu können. Ich wandte mich ab, fuhr dabei mit den Fingern über das Telefon, aus dem so oft Sarahs Stimme gekommen sein musste. Sie rief ihre Mutter immer nachmittags an. Sagte Hallo, wartete, während die

Mutter sich ein Glas Wasser holte, und manchmal wartete sie länger, wusste nicht, ob die Mutter etwas suchte, ob sie vielleicht einfach nur still dasaß, aus dem Fenster blickte und irgendetwas auf diesem weiten Land ihren Blick fing.

Ich ging ein paar Schritte. Ich spähte durch die halb geöffneten Türen. Kaum mehr als Konturen. Betten, Tische, Lampen, überall war so wenig. Mit dieser Leere hatte ich nicht gerechnet.

»Sarah, das Klappbett steht in der Waschkammer. Stellst du es in deinem Zimmer auf?«

Marianne räusperte sich. »Wir sollen alle zusammen in einem Zimmer schlafen?«

Ich musste schmunzeln. Ich lehnte mich an einen der Türrahmen, blickte in die Leere, wollte mich in diese Leere hineinlegen.

»Ja, natürlich.« Wieder ein Streichholz. »Sehe ich aus, als ob ich Holz habe, um das gesamte Haus warm zu halten?«

Noch spürte ich den festen Boden unter meinen Füßen nicht ganz. Noch brauchte ich nur kurz die Augen zu schließen, und alles zog wieder an mir vorbei.

»Du kannst auch mit mir im Zimmer schlafen, wenn dir das lieber ist.«

»Ja«, sagte Marianne schnell, »ja, das wäre mir lieber.«

Das hatte die Mutter nicht erwartet. Sie blieb stumm.

Sarah lachte laut auf. Sie verschluckte sich an ihrem Lachen, hustete, rang kurz nach Luft. Jemand klopfte ihr kräftig auf den Rücken.

Leise lachte ich mit.

Ich erinnere mich an unseren ersten gemeinsamen Morgen in diesem Haus.

Es war noch dunkel. Sie lag mit dem Rücken zu mir, aber ich spürte, dass sie wach war. Sie atmete schnell. Ihr war die Tragweite von allem bewusst geworden.

Ich erinnere mich, wie sie sich zu mir umdrehte und mich wortlos ansah.

»Ja?« Ich streckte meine Hand nach ihrer aus. Ich nickte ihr zu. Das alte Leben, in dem wir uns auskannten und das wir zu führen wussten, war noch ganz nah. Unser Zimmer im Schwesternwohnheim wartete auf uns. Die Dienstpläne. Die Sachen, für die wir keinen Platz mehr gehabt hatten.

Sie zögerte.

Ich erinnere mich an die Schwärze vor dem Fenster. Die Stille, sogar das Haus respektierte sie.

Ich wusste nicht, wie das hier ging. Ich wusste nichts von diesem neuen Leben.

»Ja.« Sie griff nach meiner Hand. Sie erwiderte mein Nicken. Sie wiederholte flüsternd, um die Stille nicht zu stören, was uns durch die Jahre bringen würde, bis zu diesem Punkt hier und jetzt:

»Ja.«

Die Autorin dankt:

Kaśka Bryla, Melanie Waelde & Dorothee Elmiger für das Begleiten dieses Textes, die Kritik und das Spinnen von Möglichkeiten.

Laura Dshamilja Weber und Lina Muzur für ein Lektorat voller kluger Fragen, beharrlichen Anmerkungen und Hingabe für diesen Text.

Felicitas Hoppe für einen beflügelnden Briefwechsel.

Julia Novacek und Hannah Martin für die vielen Gespräche über Kunst und das Leben. Hannah darüber hinaus für das Finden des Titels.

Helena Parada Kim für das unvergessliche Bild mit seiner ganz eigenen Geschichte, das sie dieser Geschichte hier geliehen hat.

Julia Eichhorn und Zoë Martin für Inspiration, Kaffee und das Entwirren von Verträgen und dergleichen.

Der Strodehne Crew für unvergessliche Sommerwochen, in denen meine liebsten Passagen entstanden sind.

Carolin Krahl, Olivia Golde, Eva Schörkhuber, Jiaspa Fenzl & noch einmal Kaśka Bryla von der *PS* Redaktion für das gemeinsame Tun und Dasein.

Anna Hetzer für die Begleitung meiner Arbeit und meines Lebens. Ich möchte nie mehr ohne sein.

Inspiriert von:

Kaśka Bryla, *Roter Affe*
Anna Burns, *Milkman*
E. M. Forster, *Maurice*
Marlen Haushofer, *Die Wand*
Patricia Highsmith, *Carol*
Violette Leduc, *Thérèse et Isabelle*
Toni Morrison, *Love*
Marie NDiaye, *Ladivine*
Marilynne Robinson, *Gilead*
Annemarie Schwarzenbach, *Lyrische Novelle*
Alice Walker, *The Color Purple*
Jennifer Worth, *The Midwife Trilogy*